小学館文庫

# 道をたずねる

平岡陽明

小学館

『道をたずねる』目次

# 道をたずねる

South Garden
清水川
駐車場
野村
月極駐車場
有料駐車場
ハラ
中川
中島 茂
北野駅北口
自転車駐車場
マックビル
スイカ

# プロローグ

## 2017年、夏

湯太郎が俊介の病室を訪ねて来たのは、昼下がりのことだった。外は茹だるように暑いはずだが、湯太郎は仕立てのいいスーツに身を包み、

「やあ、元気にしちょんか」

と涼しげに言った。七十三歳になった今も、声にはボーイソプラノの名残りがある。

「面倒わ。朝からテレビを観すぎでの」

と俊介は目をぱちくりさせながら答えた。

「それは難儀やの」

湯太郎が微笑むと、鼻の下にたくわえた髭もニヤリとほころんだ。その姿はどこから見てもダンディな老弁護士である——と言いたいところだが、身長が百五十センチにも満たぬので、ハロウィンのために仮装した少年ぽさは拭えない。

「見たところ、ぴんぴんしよんな。お前、もう少しで七十四やろ。そこまでもたんち本当

か」

湯太郎の問いかけに、俊介は「本当よ」と微笑み返した。

覚悟はできていた。膵臓がんは症状が出にくく、見つかると同時に余命宣告を受けてしまうケースも多い。俊介の場合がそうだ。まだこれといって症状はないが、次に病院を出るとき、俊介の目は閉じられ、鼻には綿が詰められているだろう。

「医者が最後の外出許可をくれるち言いよんのやけど、行きたい場所も思いつかんくてな」

と俊介は言った。

「最後の外出か……」

湯太郎は窓外を見つめた。「なぁ、覚えちょんか？　お前は中三に上がる頃、うちの長屋へ相談に来たやん。進路に関して親父さんを説得したいっち」

「ああ、覚えちょんよ」

ふいにその光景が甦り、俊介の胸に懐かしさが広がった。それでなくとも最近は、少年の日の思い出の中に遊ぶことが多い。いまや俊介は理解しつつあった。人は幼なごころを宿したまま歳をかさね、老いるに従ってその中へ還ってゆくのだと。

「あんときお前は、お盆を持ってきてくれたやん」湯太郎が言った。「小鉢をたくさん載せてな。あれが母が口にした、最期のご馳走になったんよ」

「そうやったかな。お盆のことはよう覚えちょらんな」

「それならこの諺（ことわざ）はどうよ？　Every man is the architect of his own fortune. 誰もが自分の運命の設計者である」

「それはなんとなく覚えちょんな。お前は何かちいうと、英語ばかり使いよった」

「ふふふ、俺は筋金入りのイングリッシュ・ボーイやったけんな」

二人は笑いあった。お互いの別府訛（なま）りが懐かしい。

「お前と一平（いっぺい）の病室を見舞ったんが、つい先日のように感じるわ」と俊介は言った。

「俺もよ」湯太郎が言った。「思えば遠くへ来たもんやな」

その言葉は、まるで探し求めていたパズルのラストピースみたいに、俊介の胸にしっくりきた。その通り。思えば遠くへ来たものだ。いったいこれまで、どれほど歩いたことだろう。

「長い付き合いになったな」

俊介が言うと、湯太郎は「たしかに（イグザクトリィ）」と完璧な発音で応えた。

その晩、俊介は夢を見ることになった。

「父」がどこでもないような場所から、おいでおいでと手招きする夢だ。

# 一章　誓い

## 1958年、春

午（ひる）を報せるチャイムが鳴った。

別府市立浜岡中学校の生徒たちが一斉に弁当を取り出すと、教室はたちまち喧騒につつまれた。合志（ごうし）俊介も待ち遠しかった弁当を広げた。すると隣のクラスから、親友の天沢（あまざわ）一平が来るのが見えた。でかいからよく目立つ。

――さては、また。

俊介はくすりとした。一平は早弁の常習者だ。バンカラを絵に描いたような男で、学生服に穴が空いても継（つ）ぎをあてず、ちびた下駄を得意そうに履く。小さいとはいえ、父親は地図屋を経営しているのだから、決して貧しい訳ではない。

一平は柔道の黒オビ特有のガニ股で近づいて来ると、

「待てぇい。食っちゃいけんぞ」

と野太い声で言った。「湯太郎の母ちゃんが、またひどい胸患いで寝込んでしまったんよ」

「ふむ、そうか」

俊介は残念そうに弁当を閉じた。グゥと鳴る腹の虫をなぐさめつつ、一平と一緒に廊下へ出て、隣のクラスを覗いた。ほかの生徒が弁当を広げるなか、湯太郎だけが教科書を読んでいた。湯太郎は小学四年生といっても通じるほど小柄だから、椅子から垂れた足がぶらぶら宙で揺れている。

「おーい、湯太郎。裏山に行かんか？」

一平が教室の入口から呼びかけると、湯太郎は教科書を閉じてやって来た。

「またな。別によかったに」

聡明な湯太郎は、すでに二人の意図に気づいている。

二人が湯太郎に付き合って、初めて昼飯を抜いたのは、半年前のことだった。

「なんか庭井、また弁当を持ってこんかったんか。そんなんやったらチンチクリンのままぞ」

そんなふうに湯太郎が揶揄われているのを、たまたま一平が見かけて、

「なんやち貴様！　もういっぺん言うちみろ！」

と一喝した。相手の顔が青ざめた。一平の腕っぷしの強さは校内に響き渡っており、得意の背負い投げは二年生にして県大会レベルと言われていた。

一平は相手を黙らせたあと、湯太郎に告げた。

「今日は弁当なしか。お前が食わんなら、俺も食わんぞ」

「そんなん意味ないっちゃ。一平はでかいんやし、部活もあるんやけん食え。友情と同情を混同しちゃいかんちゃ」

一平はかぶりを振ったが、弁舌で湯太郎に敵うはずもない。応援を求めるべく、俊介のもとへ湯太郎をつれてやって来た。

俊介は話を聞くと、「そういうことなら、俺も食わんぞ」と言った。俊介とて食い盛りだから昼飯を抜くのはつらい。陸上部の練習だってある。しかし食いしん坊の一平が我慢すると言っているのだから、自分だけ食うわけにはいくまい。三人は同じ町内で育った幼馴染(おさななじみ)で、トンボを捕るのも、三角ベースをするのも、常に一緒だった。

「意味ないに」

湯太郎が口を尖らせた。まだ男になりきっていない唇が野イチゴのように赤い。

「俺たちだけ食うんは後味悪いやん」と一平が言った。「いつも宿題を写させてもらいよんしな。遠慮せんのや」

「これは遠慮やなくて峻拒(しゅんきょ)や。英語でいえばリフューザル」

「なんなんそれ？」と一平が訊ねた。

「申し出を断ること」

「同じやんか。とにかくそれがいけんのや。なあ、俊介」

「うむ。そのリフューザルがいけん」

俊介は、三人とも食べないことを択んだ一平を内心で讃えた。食べ物を分け与えたのでは、湯太郎のプライドを傷つけてしまう。

それにつけても、俊介の見るところ、湯太郎の境遇は不憫すぎた。戦争で父を亡くし、病弱の母と二人暮らし。生計は、その母が竹細工の内職で得る手間賃だけが頼りだ。母が寝込めばそれすら入らず、こうして弁当を用意することができない。

ちび。父なし。貧乏。いじめられる要素は満載だったが、湯太郎がその対象にならなかったのは二つの理由がある。

一つは、幼い頃からガキ大将だった一平の庇護があったから。

もう一つは、湯太郎が浜中始まって以来の神童だったからだ。

期末テストでは全科目でほぼ満点を取った。とくに英語は得意だ。別府は戦後すぐ進駐軍の支配下に入ったから、よその街より英語の気分に溢れている。湯太郎はその申し子のような子どもだった。六歳のとき、山の中腹にある見晴らしのいい教会で英語を習い始めると、あまりの出来の良さにアメリカ人神父は舌を巻いた。

「勉強を続けて、アメリカの学校に留学する気はないかね？」

湯太郎は首を振った。

「僕のうちは貧しいから、中学を出たら働かねばなりません」

神父は十字を切って残念がったという。


昼飯を抜いた三人は、校舎の裏山にあるクスノキへ向かった。胴まわりが五メートルはあろうかという巨木だ。その幹に飛びつき、それぞれの指定席によじ登る。

俊介の枝は淳朴で座りやすく、実用性にすぐれていた。

湯太郎の枝はスマートで優雅だが、すこし不安定だ。

一平の枝は短いがどっしりしていて、剛毅さがある。

三人は枝に座ると、樹上からあたりをきょろきょろ見渡した。

「そろそろ春やな」と湯太郎が言った。

俊介はくんくんと鼻を鳴らしてみた。たしかに、冬のあいだ乾燥していた土が水気をふくみ、すこし生臭い匂いがした。三時間目の国語教師が「今日は啓蟄(けいちつ)です」と言っていたことを思い出した。大地が温まり、昆虫たちが冬眠から目覚める節句だという。

「来月になれば三年か」と一平が言った。「お前ら、進路は決まったんか」

「教師みたいなこと言いよん」

俊介が冷やかすと、湯太郎が「きゃはっ」と声をあげた。まだ変声期を終えていないので甲高い。

「茶化すな」

一平が野太い声をあげると、近くの枝にとまっていた小鳥が驚いて飛び立った。

「そげえいうお前はどうなん？」と俊介が訊ねた。

「そうっちゃ。まずは言い出しっぺからや」と湯太郎もせっつく。

「俺は、親父の地図屋を継ぐ。そんためにも東京の大学へ進むつもりよ」

「なして東京の大学なん？」と湯太郎が訊ねた。

「親父いわく、『住宅地図の全国制覇は、俺の代では完成できんかもしれん。とくに東京が厄介じゃ。やけんお前は若いうちに東京に下宿して、土地勘と人脈をたくわえておけ』っちゅうことらしい」

俊介は、一平にふさわしい明確で大きな目標だと思った。一平はすこし頑固なところはあるが、親分肌で統率力がある。柔道部の次期主将に任命されたのはそのためだ。

「湯太郎はどうするん？」と一平が訊ねた。

「ゆくゆくは英語で身を立てたいち思っちょんけど、うちは貧乏やけんな。働きながら勉強できる仕事を探す。たとえば機械的な翻訳の仕事やとか、映画の字幕の仕事やとか」

「そげな仕事あるん？」と俊介は訊ねた。

「ない訳がないわ。実際に誰かが字幕をつけよんのやし。やけど、どこに行けばそんな仕事があるんかはわからん。それがダメなら、会計事務所の丁稚（でっち）かの」

「会計事務所？」

一平が凭(もた)れていた枝からガバッと身を起こした。近くの枝が揺れ、湯太郎も「ほっ」とバランスを取ってから続けた。

「じつは母さんの遠い親戚が、大阪で税理士をやりよんのよ。そのおじさんが『身の振り方が決まらんかったら、うちに住み込みで来い』っち。働きながら税理士の夜学に通わせてくれるらしいわ」

「そんならお前は税理士になるん？」

どうかな、と湯太郎は首をかしげた。いくら神童とはいえ、十四歳であることに変わりはない。父親が会社をやっている一平などと比べると、むしろ見聞は狭いかもしれない。

「まあ、湯太郎は頭脳明晰やけんな」

一平が大人びた様子で腕を組んだ。「アタマがものをいう方向へ進めば、いずれ道も拓けるやろう。でも本心では、進学したいんやないん？」

「したくないいち言えば嘘になるけど、母さんの具合がよくない。高校へ上がると新しい教科書や制服でお金が掛かるやろ。だけど僕が働けばマイナスをプラスにできる。一石二鳥やんか」

「ふむ」一平は近くの葉っぱをちぎり、口に銜(くわ)えた。何か言いたいことを呑み込んだらしい。

そして俊介に「お前は？」と訊ねた。

「俺はとりあえず、高校に進むことになるかの」

「なんなん、歯切れ悪いやん」

一平は葉をペッと吐き捨て、新しい葉をちぎり取った。葉っぱにも旨いまずいがあるというのが一平の持論だ。「お前んところは両親が揃っちょんのやし、高校へ進んで幅跳びを続けるもんやと思っちょったぞ」

「まあ、そうやな……」

自分でもそれが妥当だと思う。だが俊介の心は揺れていた。

今年の三年生の進学率は、ちょうど半分だと聞いた。勉強ができても湯太郎のように家庭の事情で進学を諦める者は多いし、あまり学業熱心でなくても私学に進む裕福な者もいる。

さて、俺はどちらか。俊介の成績は中の中だが、勉強は好きではなかった。陸上部で幅跳びを続けるために高校へ進むのは本末転倒な気がする。

それに比べて就職は魅力的だ。たとえば初任給を貰ったら、両親にプレゼントを贈ってやりたい。髪を梳かすことが好きな母の花奈には髪かざりを。いつもぼろぼろのズックを履いている父の葉造にはよそゆきの革靴を。「今まで育ててくれてありがとう」と言い添えてプレゼントしたら、どんな顔をするだろう。

俊介はその想像に背中を押されるように、

「じつは、就職でもいいいち思っちょんのよ」と言った。

「なんな、定見がないんか」

呆れたというふうに、一平が枝へ背を預けた。

「ああ、じつは真剣に考えたことがなかったんよ。すまんな、湯太郎。本来なら進学の権利は、お前みたいにできる奴に譲るべきや。それなら俺も就職一本ですっきりするし」

「ノー・プロブレム」

湯太郎が肩をすくめた。こんな外国人みたいな仕草も教会で覚えてくるらしい。

「葉造さんは、なんち言いよん？」と一平が訊ねた。

「親父には、まだ話しちょらんのよ」

俊介はもし自分が就職するなら、父と同じキョーリンに入りたいと思っていた。

キョーリンは一平の父である永伍が興した地図会社である。設立七年目で、社員は二十名たらず。零細企業といってよかった。しかし永伍は、

「いつの日か、日本の全建物と全氏名の入った住宅地図を完成させる」

と全国制覇に情熱を燃やしていた。永伍と俊介の父の葉造はやはり幼馴染で、竹馬の友がそのまま仕事仲間になってしまった。

地図の調査員は、表札を一軒ずつ書き留めていくのが仕事である。葉造はその調査員を束ねる現場のリーダーだった。俊介は父からよく調査の話を聞かせてもらった。

――調査地に入ったら、まず役場と交番と郵便局長と町内会長に挨拶に行くんよ。日本の村はそこを押さえておけば間違いない。

——何が怖いっち、放し飼いにされた農家の犬ほど怖いもんはないぞ。

——村じゅうの調査を終えて、くたくたになっての。「さあ帰ろう」と思うた瞬間、電線が山の奥に延びているのを見つけた。「あっちにも民家があるんか」と思うたら、心底ガックリきたわ。

こんな調査譚を聞かされるたび、俊介の胸は高鳴った。見知らぬ土地を訪ねられるうえに、給料まで貰えるなんて、夢のような仕事ではないか。「調査の仕事は復興の息吹が感じられる」という葉造の言葉も、俊介の憧れを強めた。

裏山に、昼休みの終わりを告げるチャイムが聞こえてきた。三人はクスノキから飛び降りると、ゆるやかな斜面を駆けおりていった。

「親父たちも、そろそろ帰る頃やな」

走りながら一平が言った。永伍と葉造が宮崎へ調査に出て、ひと月が経つ。

「順調なんかな」と俊介は言った。

「難儀しよんそうや。なんせ宮崎はだだっ広い」

「余裕があったら、延岡市にも調査をかけてくるち言いよったけど」

「無理やろう。宮崎市だけでへとへとのはずで」

俊介はちらりとクスノキを振り返った。

あの木は父親たちのお下がりだ。中一の夏、一平が「浜中時代に親父たちがよくサボりよった、でかい木が裏山にあるらしい」と言い出した。三人で探索に出かけると、クスノキはすぐに見つかった。幹には「永」「葉」「純」と三つの漢字が刻まれていた。「永」は永伍の永。「葉」は葉造の葉。もう一つがわからず、

「この純の字はだれ？」

と俊介は一平に訊ねた。

「なんでも親父たちの親友で、純一（じゅんいち）さんち人らしい。戦争で亡くなったっち」

要するにこのクスノキには、親子二代にわたり世話になっている。

俊介は放課後の陸上部の練習を、水道の水でなんとか乗り切った。しかし帰途につく頃には、腹が鳴って仕方なかった。坂道がこたえる。

別府は湯けむりの街である。

海と山に挟まれた市街地には旅館や店が犇（ひし）めきあい、理髪店だけでも百五十軒をかぞえる繁盛ぶりだ。俊介はその街を縫うように歩きながら、「中学を卒業したらキョーリンに入る」というプランをもういちど胸の中で辿った。

面倒見のいい永伍社長は、きっと自分を歓迎してくれるだろう。父もよろこぶに違いない。入社したら、まずは父の指揮下に入って遠征か？　母は一人で帰りを待ちわびることになるが、給料袋が二つになれば、倹（つま）しい生活にもいくらか潤いが出てくるだろう。

仕事を覚えたら一本立ちだ。調査員として日本中を歩いて回る。そして七年後には大学を出た一平と合流する。キョーリンはいまのところ全国制覇どころか、九州地図の完成すら覚束ないが、

「俺と一平の代で全国制覇を果たすんや」

という想像に俊介の胸は膨らんだ。

ニヤニヤしながら松永写真店の角にさしかかると、いつものようにショーウィンドウをちらりと見やった。そこには五歳の俊介がいて、若き日の葉造と花奈もいた。七五三の見本写真だ。店主にどこを気に入られたのか、もう九年も飾りっぱなしである。花奈はこれを恥ずかしがって、店先を通るときはなるべく窓から離れて歩く。

「ただいまァ」

家について玄関をあけると、台所からいい匂いが漂ってきた。花奈が魚骨を炒めているのだ。別府湾で獲れた小魚をタダ同然で分けてもらったものだが、おやつになるし、お茶漬けの具にもなるので、合志家では重宝している。

「おかえりなさい。一緒に洗うけん、お弁当箱だして」と台所から花奈の声がした。

「あ、まだ」と俊介は曖昧な返事をした。

「食べてないん？　またね？」

「うん。あとで食べるわ」

俊介は奥の四畳間へさがり、カバンから弁当を取り出した。ごくっ、と生唾が湧いたが、箸をつけるわけにはいかない。「湯太郎に付き合った日は、五時になるまで食わんじょこう」と一平と示し合わせてあるのだ。

「ちょっといいですか」

花奈が前掛け姿のまま入ってきた。すでに目は青白い怒りに燃えている。

「この前もこんなことがありましたね。どういう事情あってのことですか。あなたは母のつくった弁当がお嫌なんですか」

花奈は天領だった日田市の旧家の出で、昔風の躾を受けて育ったそうだ。だからなのか、息子にも丁寧な言葉づかいをする。怒ったときはなおさら丁寧になるのが怖い。

「いや、その――」

俊介が言い淀むと、

「はっきりおっしゃい！」

花奈の声がいよいよ怒気を含んだ。目鼻だちがつんと整っているだけに、こうなると取りつく島がない感じがする。

俊介は観念した。

「じつは今日、湯太郎が弁当を用意できんかったんよ」

花奈の顔からすっと険が引き、かわりに戸惑いが浮かんだ。

「それがあなたと、どう関係あります？」

「一平と約束したんや。湯太郎が昼飯を食えん日は、俺たちも食うのはよそうっち」

俊介がまじめな顔で答えると、花奈は小刻みに肩を震わせた。そしてとうとう、堪えきれぬというふうに笑い出した。

「なにが可笑しいん？」と俊介は口を尖らせた。

「ごめん、ごめん。思いがけない理由やったけん、つい。それは一平さんらしいお申し出やこと。あんな大っきな体でお昼を抜いて、柔道の練習は大丈夫なん？」

「それはキツいよ。僕もメシを抜いて練習に出たら、ジャンプが二十センチは落ちる」

「それやったら、一平さんとあなたのお弁当をちっとう分けて差し上げたらどうです」

「それでは湯太郎の面目が立たん」

「まあ」

花奈は口に手をあてた。ころころ表情が変わるので、俊介はときどき母の年齢がわからなくなる。ぱっと見は、松永写真店に飾られている九年前の写真とさして変わらない。

「男の子やねぇ」

花奈が肩でため息をついた。

「それよりも、父さんはいつ帰ってくるん？」

「あと一週間くらいやないかしら。あなたが葉造さんのお帰りを気にするなんて珍しいやない。なにかあったん？」

「いや……」

　俊介は頭の中でソロバンを弾いた。葉造は筋金入りの頑固者（げってんもん）である。もし就職の希望を伝えて「だめだ」と言われたら、決定を覆すのは犬にニャンと吠えさせるほどに難しい。おそらく父も就職には賛成だろうが、ここは念には念を入れて、母と同盟を結んでおいた方が得策だろう。

「じつは、キョーリンに入りたいち思っちょんのよ」

「だれが？」

「僕が」

「いつ？」

「中学校を卒業したら」

「まぁ」花奈が大きく目を瞠（みひら）いた。

「進学させてもらえる環境は有り難いけど、高校や大学は湯太郎のように将来ガクモンで身を立てる者が行くべきところやと思う。僕はそのつもりがないけん、早く社会に出て自立したいと思っちょるんよ」

　花奈が首を傾げた。

「そこまで湯太郎さんに義理立てする必要がありますか？」

「湯太郎のことは例に出したまでで、関係ない」

「よぉく考えてのことなん？」

俊介は瞬間迷ったが、行きがかりじょう、「そうです」と答えた。

「それならわたしは何も言いません。あなたから葉造さんに話してみなさい」

「なんち言うかな、父さん」

「どうやろうね」

花奈が微笑んだ。本当は見当がついていそうな様子だ。

「でも、育ててもらったご恩を忘れてはいけませんよ。葉造さんがどう言うにせよ、あなたはそれに従うのです。あの人はあなたのことをずっと深く考えてきてくれました。これまでも、これからもです」

俊介は肩をすくめた。衣食住の恩をたてに進路の決定権を握られるのは、意に染まなかった。口にこそしないが、両親へ恩返ししたくて就職するのだ、という想いもある。

「ところで湯太郎さんのお母さんは、そんなに悪いん？」

花奈に訊かれて、俊介は首をひねった。程度は知らなかった。弁当を用意できないくらいだから、相当悪いのだろう。そう答えると花奈は「そうですか……」と言って部屋を出て行った。

五時前になって、台所から「俊介さん、俊介さん」と呼ぶ声がしたので行くと、

「これを湯太郎さんのおうちへ持っていきなさい」

とお盆を差し出された。そこには所狭しと小鉢が並んでいた。筍の煮物、たらの芽とフキノトウの天ぷら、ぶり大根、ニラと行者にんにくの漬物。

「でも湯太郎に食べ物を分け与えるのは……」

「湯太郎さんのお母さんに、男子の沽券は関係ありません」

花奈がぴしゃりと言った。

「病人に必要なのは滋養です。『今日あたり父が帰ると思って、母が作り過ぎてしまいました。もったいないけん、貰って頂けますか』と言いなさい」

「へいへい」

俊介は下駄をつっかけて、湯太郎の長屋へ向かった。それにしても、どれも旨そうだった。空腹のあまり自分が食らいつきたくなるのを我慢する。

「おーい、湯太郎」

外から声をかけると、湯太郎が「あれ、俊介？」と言いながら戸を開けて出て来た。

「帰っちょったか」

「うん。英語のほうは神父さんに言って早引けさせてもらったんよ」

一間きりの長屋は、中が丸見えだった。湯太郎の母が寝床から上体を起こし、やつれた笑みを浮かべた。

「お久しぶりやね、俊介さん。すっかり大きなって」

俊介はぺこんと頭を下げた。

「あの、これは母が作り過ぎて。今日あたり父が帰ってくるち思ったら、来んかったんです。やけん、貰ってくれませんかっち」

「まあ、そ――」

何か言いかけて、湯太郎の母はごほごほと嫌な咳をした。

床には読みさしの英字新聞があった。湯太郎が神父さんから貰ってきたものだろう。その隣にはお椀が二つ。大根の葉みたいなものが浮かんでいる。俊介は見てはいけないものを見た気がして、目を逸らせた。

「これ、ほんとに貰っていいいん？」

湯太郎がお盆をさして言った。

「いいんよ。それよりも、ちっとういいか」

俊介はあごで外をしゃくった。

「いいとも。母さん、ちっとう出てきます。これは、ありがたく頂いておいてください」

二人は連れだって表へ出た。長屋通りには夕暮れどきの長い影が落ちており、あちこちから炊事の匂いが漂ってきた。

通りを並んで歩きながら、「お袋さん、相当悪いんか？」と俊介は訊ねた。

「うん。胸が苦しくなると、呼吸をするんも一苦労なんよ」

「それは難儀やな」

「で、用事っち？」

「ああ、裏山での話の続きや。じつは先ほど母ちゃんに、キョーリンに就職したいと話した」

「キョーリンちいえば――」

「うん、一平と俺の親父がおるところよ」

「俊介はキョーリンに就職したいち思っちょったん？」

「どうかな。一平が急にあんなことを訊いてくるけん」

「それで自分の希望に気づいたか」

「そうっちゃ。俺は勉強よりも、体を動かす仕事が向いちょん。地図の調査員になれば日本中を旅できるし、就職試験も顔パスや」

「たしかに」

湯太郎の高い笑い声が、俊介の胸のあたりで響いた。苦しい環境でも快活さを失わない湯太郎は、本当に偉いと思う。

「それで相談ちいうのは、ほかでもない。父ちゃんをどう説得するかなんよ。知ってのとおり、うちの親父は頑固者や。いちどダメち言うたらテコでも動かん。たぶん就職はＯＫやと思っちょったけど、さっき母ちゃんに訊いたら微妙な感じでな。急に不安になった。なにかいい知恵はないかの」

「なるほど、そういうことか」

湯太郎が立ち止まって腕を組んだ。俊介も立ち止まって、湯太郎が口を開くのを待った。遠くに目をやると、別府の繁華街にぼちぼち灯が燈り始めていた。侘しい長屋通りとは別世界の目映ゆさだ。

「こういうケースでは、親をがっかりさせない言い方が大事やと思うんよ」

まるで英文法でも解説するように、湯太郎が言った。

「どういうこと？」

「俊介が就職を希望することで親が落胆したら、この計画はジ・エンドやろ？」

「うん」

「どう言ったら親をがっかりさせるっち思う？」

俊介は少し考えてから、「わからん」と言った。

「勉強が嫌やけん就職したい。ほかにやりたいことがないけん就職したい。行けそうな会社がないけんキョーリンに就職したい。親に金銭的な苦労をかけたくないけん就職したい。こんな言い方をしたら、親はがっかりすると思わん？」

「思う」

「やけん、キョーリンに就職することが俊介にとって、最大かつ唯一の幸福につながる道やっち述べるんよ。その一点突破がいい。英語にこんな諺があるわ。Every man is the architect of his own fortune」

「どげな意味な？」

「誰もが自分の運命の設計者である。他人に設計を任せたら、あとで後悔するに決まっちょん」

「ふむ、さすが湯太郎や。わかった。その方向で説得してみるわ」

「それでも親父さんが反対したら、こう言いよ。The apple never falls far from the tree. リンゴは木の近くに落ちるものです。すなわち、親子は似るもんやっちな」

「おう。言っちゃるわ」

俊介は問題が解決したような気持ちになった。そしてふと、自分が湯太郎に対して途方もなく嫌味な相談をしてしまったのではないかと思い立ち、「なんかすまんな」とつぶやくように言った。

「なんが？」

「お前のように成績トップのもんが大阪で住み込みの就職を考えんといけんっちいうに、俺みたいに中途半端なもんが贅沢な悩みを抱いちょん」

「そんなことか。逆境が人を賢くするっち言うやん。Adversity makes a man wise」

「やっぱり大阪に行く可能性が高いん？」

「うん。でもこっちも困った問題が一つあっての。母さんが『足手まといになりたくないけん一人で行け』ち言うんよ。『わたしが行ったら、胸患いが来たっちみんなに嫌な顔されるけん』ち。でも母さんを残しては行けけんわ」

「うーむ、そうか。ままならんもんやな、世の中は」

「じつに」

二人は来た道をとって返した。湯太郎の長屋に戻る頃には、すっかり陽が沈んでいた。

「それじゃ説得、頑張って。食べ終わったら食器を洗って持っていくけん」

「そんなんはいつでもいいわ。それよりも相談に乗ってもらって助かったぞ」

「この程度でよければいつでも乗るけん。Two heads are better than one. 頭は一つより二つがいいっちな」

数日後、俊介が陸上部の練習から帰ると、玄関にぼろぼろのズックがあった。葉造が調査から帰ってきたのだ。俊介が「ただいまァ」と声をあげると、台所から「おかえり〜」と花奈の弾んだ声が返ってきた。

「いま葉造さんが竹瓦（たけがわら）に行ったけん、あなたも汗を流してらっしゃい。急げば追いつくわ」

「うい〜」

「なんね。はいとおっしゃい」

花奈が歌うような調子で言った。暖簾の向こうからでも上機嫌が伝わってくる。俊介は学生服からランニングに着替え、小銭を持って風呂へ向かった。

別府には数えきれぬほどの共同浴場があった。俊介は父と逢わないために、竹瓦温泉を避けてすこし離れた高等（こうとう）温泉へ向かった。これは下の毛がうっすら揃い始めた一年前に身につけた習慣で、どうしても葉造に見せる気にはなれなかった。さりとて、こそこそ隠す姿を見られるのも嫌だ。

俊介は服を脱ぎすてると、洗い場で体を流してから湯につかった。

――母ちゃん、化粧しちょったな。

花奈はいつもこうだ。葉造が長い調査から帰ってくると、子どものようにはしゃぎ、躰から花のような匂いを発し始める。夫に対していつまでも初々しさを失わない母が、俊介には不思議だった。よそのうちは、こうではあるまい。

思春期を迎えた俊介は、異性のことを想わない日はなかった。それだけに同じ屋根の下で暮らす花奈が娘のような仕草で香りだすと、妙に生っぽく、目を背けたくなることがあった。それについては、あまり深く考えないようにしている。

家に帰ると、ひとっ風呂浴びた葉造はすでにちゃぶ台について、手酌を始めていた。

「おかえり」

俊介がぶっきらぼうに告げると、父は軽く頷いた。葉造は外を歩き回る仕事だから日焼けしていた。小柄ながらもキリッと引き締まった体軀は、まるで陸上選手のようだ。

「鶏天できましたよ～」

まだジュウっと音を立てている揚げものを花奈が運んできた。

「花奈さんも一緒に食べんね」

葉造が言った。この夫婦は、家庭内ではお互いを「さん」づけで呼ぶ。

「でもいま、油を使いよりますけん」

「そう？　じゃあ待っちょんよ」

「いいんです。あっ、まだ長芋もあったんや。いま千切りにして出しますね」

「じゃあ先に頂きよんよ。花奈さんも落ち着いたら」

「はい」

これだけの儀式を踏んで、ようやく俊介は箸をつけることが許される。味噌汁をすすり、お浸しをつまんで、焼きサバの身を裂こうとしたとき、

「どげえな、学校は」

と葉造に訊ねられた。うってかわって、厳めしい口調だ。

「うん、まあまあ」

「陸上は？」

「そっちもまああまあ」

これも儀式的なやりとりであることは百も承知だが、さすがにこれでは不愛想かと思い、

「宮崎はどげんやった？」と父に訊ねた。

「広い」葉造はうめくように言った。「やけん、人間も鷹揚や。あっちではテゲテゲっち言うらしい」

すると長芋の千切りを運んできた花奈が「テゲテゲっていうのは、〝大体でいい〟っち意味よ」と教えてくれた。

「知っちょったん？」葉造が訊ねた。

「ええ。女学校時代にさっちゃんて宮崎の子がおってね。その子が『テゲテゲでよかっちゃが』ってよく言いよったわ。さっちゃんもテゲテゲでな。待ち合わせによく遅れてきよったんよ。ああ、懐かしい」

ご馳走をあらかた平らげると、締めに「りゅうきゅう」が出てきた。サバやアジの切り身を醤油に漬けこんでゴマをまぶした大分の郷土料理で、ご飯に載せてがつがつ掻き込むと、えも言われず旨い。俊介は茶碗に二杯おかわりし、

「ごっそうさまぁ」

と満足げに腹をなでた。花奈が空いた茶碗にお茶を注いでくれる。俊介は茶を飲み、腹がこなれるのを待って、

「あんな」

と葉造に声をかけた。

「僕、中学を出たら、キョーリンに入りたいち思っちょんのやが」

葉造は外国語で話し掛けられたみたいに、ぽかんと口をあけた。その様子を見て、父がこの可能性について一秒たりとも考えたことがなかったのだと俊介は知った。ここは畳み掛けねばならない。俊介は湯太郎のアドバイスを思い出しながら続けた。

「これは自分のために考えた道で、えーっ、決して進学が嫌という訳やなく、そのー、つまり自分が働いて幸せになるための、っちいうか――」

葉造の真意を探るような目つきに、俊介は焦りをおぼえ、

「とにかく就職したいんや。勉強は好かんし」

と、つい本音が出てしまった。葉造の表情がみるみる険しくなっていく。しまった――。

俊介は失地回復をはかるべく、即座に声を張り上げた。

「僕は地図の調査員になって、日本中を歩き回りたいと思います!」

すると葉造が、おもむろに口を開いた。

「お前、本当は勉強に向いちょんち思うぞ」

「えっ⁉」

こんどは俊介が驚く番だった。俊介の過去のどこを切り取っても、「勉強に向いている」

という証拠はカケラすら見当たらなかった。父らしくない、と思った。なぜこんな持って回った言い方をするのか。駄目なら駄目とはっきり言えばいいではないか。

「もういちどよく考えてみるんやの」

葉造はステテコの膝のほころびを指でいじりながら言った。

「ダメっちいうこと？」

俊介は自然と食い下がるような口調になった。

「ダメとは言うちょらん。もういちどよく考えてみろ、ち言ったんや」

そう言い残すと、葉造は流しで嗽（うがい）をして寝床へ向かった。俊介はぽつねんと取り残された。やりとりを聞いていた花奈が、「葉造さんも疲れちょんのよ。また日を改めて話してみなさい」と言った。

その晩、俊介はなかなか寝つけず、子どものころ葉造から聞いたキョーリンの草創期の話を思い返した。俊介のいちばん好きな話だ。

別府の住宅地図が当たって気を良くした永伍社長は、初の県外進出を思い立った。選ばれたのが熊本市だ。しかしカネはない。地図が当たったといっても、せいぜい「五百部完売」といった程度なのだ。

永伍と葉造をふくむ四人の調査チームは、布団を背負い、鍋を抱え、熊本行きの夜行列車に乗り込んだ。嚢中（のうちゅう）には翌朝の朝飯代しかない。

明朝、熊本駅につくと、四人は駅前で立ち食いうどんを平らげた。これで、すっからかんである。すると永伍は別府の住宅地図を取り出して店主に告げた。

「われわれは別府の地図屋で、こんな地図をつくるために熊本へやって来ました。表紙と裏表紙にはほら、こんなふうに名刺広告が入ります。いかがです。広告を出してくださいませんか。この場で予約金を頂戴できれば、お安くしちょきますよ」

途端に店主が、うろんな顔つきになった。

「その地図は、本当に出るのかね？」

「出ますとも。今日からわれわれが調査をかけて、そうですな、三ヶ月後には発売。熊本市の建物と氏名が全部載った地図ですぞ。ときに、お宅は出前はしよりますか」

「します」

「それなら必携ですな。別府では酒屋も蕎麦屋も寿司屋も、この地図を頼りに顧客を増やしよります。飛び込みの客をアテにする時代は終わりました。これからはモータリゼーションの時代。配達の時代です。それにうちに広告を出した店には、客が詰めかけちょります。いまなら割引価格ですよ」

店主は腕を組んだ。こんな詐欺の典型みたいな話に引っ掛かったら、末代まで物笑いの種である。

「ちょっと考えさせてください。おっ母(かあ)にも相談してみます」

「わかりました。それではまた来ます。ごちそうさま」

四人は荷物をまとめて、隣の金物屋に飛び込んだ。

「じつはわれわれは別府の地図屋でして――」

これが草創期のキョーリンの商法だった。着いた日の夕食代も、宿賃も、地図の制作費も、給料も、帰りの汽車賃も、すべて現地調達するのだ。このシステムのお陰で、カネがなくても次々と調査をかけることができた。致命的な弱点は、着いた日の夜までにまとまった広告予約金が取れなければ、食うや食わずの野宿になることだ。

実際この日も、予約金が取れたのは二軒だけで、調査チームは川のほとりで野宿した。夕食は八百屋からタダで貰ってきた白菜の芯と、菜っ葉の切れ端。これを持参した鍋と味噌で煮込んだ。元軍人だった調査員がそこらへんの野草を引っこ抜いてきて、「これも食えますけん」と鍋にぶちこんだ。草を枕にごろ寝できたのは、南国の夏だったからだ。

こんなお伽噺(とぎばなし)のような調査譚を聞くたび、俊介は「自分もどこか遠くへ行ってみたい」と胸を膨らませるのだった。

昼休み、早弁を済ませた一平が俊介のところへやって来て、羨ましそうに弁当を覗き込みながら、「湯太郎が今日も休んじょん。これで五日連続やぞ」と言った。

「風邪でも引いたかの？」

俊介は口をもぐもぐさせつつ訊ねた。

「わからん。お前、今日陸上部は？」

「五時終わりや」

「終わったら一緒に様子を見に行かんか」

「ああ、行こう」

弁当が済むと、二人は裏山へ行ってクスノキに登った。一平は、あるじのいない湯太郎の枝を見つめて、

「一人おらんだけで、ずいぶん寂しいもんやな」と言った。

俊介は頷いた。同じようなことを感じていたが、それを言葉にして一平と分かち合うという発想はなかった。一平の率直さが、好もしい。

「聞いたぞ」

一平が野太い声で言った。

「なにを？」

「中学を出たら、キョーリンに就職するち言ったそうやんか。葉造さんがうちの親父に相談したんや」

「そうか。俺たちはクスノキ会議やけど、親父たちは鉢の木会議やもんな」

「ははは。そうっちゃな」

鉢の木は別府の繁華街にある呑み屋で、キョーリンの連中の行きつけだった。一平がときどき大人びたことを言うのは、鉢の木で末席に加わり、大人たちの会話を聞きかじっているからだ。

「一平もその席におったん？」

「おった。葉造さんはどちらかちいうと、お前を進学させたがっちょった」

「やろうな」と俊介は肩を落とした。

「ところがうちの親父が言ったんよ。『本人の意思を尊重してやれ。これも縁やんか。あのことはもういいけん』っち」

「あのこと？　なんやそれ？」

「わからん。あとで親父に訊いたけど『覚えとらん』っち。わかっちょんのは、うちの親父は歓迎しちょんこと。お前は葉造さんになんち言われたん」

「もういちどよく考えてみろっち」

「それだけ？」

「ああ、それだけ。あとは『お前は本当は勉強に向いちょんのや』っち。俺はこれで親父の気持ちがわからんくなった。親父はそんな人間やないんよ。心にもないお世辞を言ってまで、俺を高校に上がらせようっちするなんか……」

「たしかに葉造さんらしくないの。お前が勉強に向いちょるとも思えんし」

「余計なお世話や」

「自分で言うたに」

「人に言われると腹が立つ」

「とにかく俺の感触では、葉造さんはいまのところ七分三分でお前を進学させたがっちょる。やけど俺は、お前がキョーリンに入るんに賛成じゃ。俺が会社を継ぐとき、お前がいてくれたら心強い。やけん、お前がキョーリンに入れるよう応援する」

「そうか。頼むぞ二代目」

「おう、任しちょけ」


夕刻、二人は湯太郎の家を訪ねた。

戸を叩いても返事がないので、「失礼します」と戸を開けた途端、饐(す)えた匂いが鼻をついた。

「うっ!」

俊介は思わず鼻に手を当てた。病人がいる部屋特有の空気の悪さだ。

「閉めて!」

部屋の暗がりから湯太郎が叫んだ。俊介はあわてて戸を閉めた。

「お前、ずっと看病しよったんか」

一平が訊ねると、湯太郎は頷いた。

「大家さんに聞いたら、胸患いは外の空気にあてずに、寝ちょくしかないっち。もう医者に診せるお金もないし」

目が慣れてくると、母の枕元に座る湯太郎の目の下に、隈（くま）ができているのがわかった。床には茶碗が転がっている。二人は何を食べて命をつないでいたのだろう、またあの大根の葉が浮かんだお椀だろうか、と思うと俊介は背すじが冷たくなった。

湯太郎の母は時おり「うう」と小さく唸った。それだけが彼女の生命活動のすべてのように思えた。湯太郎も限界に近づいているみたいだ。

「どうする？」俊介は一平に訊ねた。

「とりあえずうちに戻って、栄養のあるものを持ってこよう。金もあれば金もや。湯太郎、ちっとう待っちょけよ」

俊介は走った。家に着いて「ただいま！」とカバンを放（ほ）っぽり出すと、「なんね、お行儀の悪い」と花奈に窘（たしな）められた。

「それどころやないんよ。湯太郎の母ちゃんが――」

事情を説明すると、花奈はすぐさま鍋を火にかけてお粥（かゆ）を炊いた。

「あなたは後藤先生のところへ！」

俊介は町医者までひとっ走りした。往診の約束をとりつけて戻ると、ちょうど花奈がお粥を持って湯太郎のうちへ向かうところだった。

「後藤先生、三十分後には湯太郎のうちに行ってくれるっち」

「そう。ご苦労さま」

「僕も行くわ」

「いいの。あなたはここで留守番してて」

「でも——」

「大丈夫やけん。待ってて」

花奈が帰ってきたのは、二時間後のことだった。

「どうやった？」と俊介は訊ねた。

「あまり良くないそうです。お粥もほとんど召し上がらんけん、湯太郎さんに食べて頂きました。あとお医者さんが換気したほうがいいっち言うけん、部屋に風を入れてきました」

「大丈夫かのう、湯太郎の母ちゃん」

花奈が暗い顔になった。それで俊介は事態の深刻さを悟った。

「大丈夫よ。湯太郎さんを残していけるもんですか」

花奈は母性の奇跡を信じ、ふり絞るように言ったが、三日後、湯太郎の母は亡くなった。

葬儀は近くの寺で営まれた。湯太郎がクラスメイトの参列を断ったので、参列したのは、俊介と一平、湯太郎の担任であるコバケン、あとは長屋の住人たちだけだった。

意外だったのは、一平の父の永伍が姿を見せたことだ。

「よう、俊坊。久しぶりやんか」

永伍が顔全体でニカっと笑った。えらの張った頑丈そうな顎に、大きな口。その大陸的な大らかな雰囲気は、人びとにどこか安心感を与えた。

「ご無沙汰しちょります」

俊介は丁寧にお辞儀した。一応、父の上司だ。それに一年後には、ひょっとしたら自分の親方にもなっているかもしれない。

「大人になったなぁ」

永伍が白い歯をこぼした。葉造によれば永伍は風通しのいい人間で、生まれつきの親分肌だという。欠点はやたら塩辛いものを好むことと、いくらか短気なことだ。

「そういえば、葉造から聞いたぞ」

うちの会社に入りたいんやっち？　と続くのかと思ったら違った。

「幅跳びでなかなかの選手らしいやんか。葉造が『最後の大会は観に行ってやりたいが、調査が入るかもしれん』ちヤキモキしちょったぞ」

葉造がそんな先のことを心配していたとは、俊介は意外だった。

「まあ、たまにはうちにも遊びに来い」

永伍が喪服のポケットから札束をとりだし、小遣いをくれた。俊介は「ありがとうございます、社長」と頭を下げた。

「あっはっは、社長か。ちっちゃい頃はおいちゃん、おいちゃん言いよったにな。ところで湯太郎ちいうんは、あん子か？」

永伍の視線の先に、坊主の横にちょこんと座る少年の姿があった。

「そうです」

「ふーん。話には聞いちょったけど、ずいぶん小さいのう。うちにも遊びに来たことあったかな？」

「あったよ」とそばに立つ一平が言った。「小学校の頃やけど」

「そうか」

永伍は一平に案内させて、湯太郎のもとへ行った。そしてお悔やみを述べ、香典をさしだすと、先に帰っていった。

残った一行は、葬儀のあと火葬場へ向かった。

市営の火葬場は海が見える高台にある。どういう訳かこの日は混んでいて、しばらく待たされたあと、

「順番がきました。庭井さん、入れますよぅ」

と係の者が呼ばわった。

最後のお別れを済ませ、釘を打たれた棺が炉へ入れられた。ほどなくして、煙突から白いものが吐き出され始めた。

湯けむりが立ちのぼる別府の空に、湯太郎の母が加わった。彼女は煙となってもかぼそく、春風を受けてゆらゆらと揺らめいた。湯太郎はそこから片時も目を離さなかった。母のゆくすえを最後まで見届けるつもりだろう。

やがて最後の一条が空に消え入ると、湯太郎はふーっと大きく息をついた。

「よく頑張ったの、庭井」

担任のコバケンが湯太郎の肩を抱いた。

「落ち着いたら先生んところへ来い。今後のことについて相談しよう」

一平と俊介が暇を告げに行くと、湯太郎は哀しみに洗われた透き通るような面差しでうなずき、「ありがとう」と言った。

帰りの道すがら、俊介が言った。

「これから湯太郎はどうなるんやろう」

「うむ」

「大阪の親戚のところに行くんかな」

「うむ」

「それともコバケンが、三年が終わるまで別府にいられるようにしてくれるんかな」

「こら。うむうむばかり言っちょらんで、なんとか言え」

するとと一平は立ち止まり、「あいつ、最後まで涙を見せんかったな」と言った。

俊介も立ち止まり、「ああ、見せんかった」と言った。

「俺たちの負けや」と一平が片頬をゆがめた。

「なにが？」

「お袋さんが亡くなったいま、湯太郎と一緒に苦しんでやれるのは俺たちしかおらん。ところが湯太郎は愚痴ひとつ零さず、涙も見せん。これは俺たちの敗北やち思う。ちっちゃい頃から三人でおったんに」

「それはどうじゃろう。湯太郎は精神的にスマートなところがあるけん、俺たちにそうした姿を見せたくないだけやないん」

「同じことや。友の憂いにわれは泣き、わが喜びに友は舞う」

「なんな、それ」

「旧制高校の寮歌や。俺は、お前と湯太郎とだけは、この伝でいきたいち思っちょる。湯太郎の哀しみは俺たちの哀しみじゃ。湯太郎の喜びは俺たちの喜びじゃ。見て見ぬフリはできん。遠慮するのも許さん。そのつもりでいかんね」

「異議なし」

「うむ」

俊介は一平の友を想う気持ちに胸が熱くなった。

一平の言う通りだ。友の不幸を分かち合えれば哀しみは三分の一となり、友の幸せを祝福できたら喜びは三倍になる。一人で三つの人生を生きることができるのだ。それは理想主義的な考え方かもしれないが、俊介は幅跳びの練習を通じて、理想を持つことの大切さが身に染みてわかっていた。四メートルを超えたいと願う者だけがそれをクリアでき、次に五メートルを目指す者だけがそこに近づいていける。一日サボれば一センチ後退し、二日サボれば三センチ後退する。友情もそれと同じではないだろうか。日々、心のうちで練磨し、育んでいかねば、後退してしまうもののような気がする。

孤独、不安、哀しみ。

湯太郎が今晩から味わわねばならぬ境遇に思いを馳せ、俊介は背筋が冷たくなった。湯太郎の明晰な頭脳と強い精神は、いつかこれらを克服するだろう。だがそれは五年後かもしれないし、十年後かもしれない。湯太郎はそのあいだ、一人でこれに立ち向かって行かねばならない。あまりに不公平ではないか。なぜ湯太郎だけが、こんな思いをしなくてはいけないのだろう？

その疑問は、夕食の時間になってからも続いた。呼吸が浅くなっていることに気づかず、ため息を連発する。見かねた花奈が、

「お箸が止まっちょりますよ」と気遣わしそうに言った。

「ああ、うん……」

俊介は箸を置き、部屋の隅を見つめた。

こんどは葉造が見かねて、「葬式には永伍も来たんやっちな」と話を振った。

「来た」

俊介は素っ気なく答え、なおも部屋の隅を見つめた。湯太郎はいま、どんな気持ちでメシを食っているのだろう。というより、食事を用意してくれる人はいるのか。そう思った瞬間、

——こうして家族そろってメシが食えるだけで、どれほど有り難いことか！

俊介は身震いするほどの感激をおぼえ、猛然と箸をふるい出した。

「ぜんぶ旨いわ。母さん、いつもありがとう」

花奈は呆気にとられ、

「……あ、はい。どういたしまして」

と不思議そうな面持ちで俊介を見つめた。

湯太郎の忌引きはなかなか明けなかった。あと数日で三学期も終わるという土曜の午後、俊介と一平は湯太郎の長屋を訪ねた。

窓も戸も閉じられており、人が暮らしている気配はなかった。

一平が首を傾げた。

「どこへ行きよったんやろ、あいつ」

「教会へ行ってみらん？　今日は英語の授業があったはずで」

「おー、行ってみよう。英語狂やけん、教会(あっち)には出ちょんかもの」

十五分ほど坂道を登り、見晴らしのいい教会についた。むかし別府へ静養に来たイギリス人技師が景色に惚れこんで設計したもので、簡素なつくりが好ましい。いまの神父も「デーケンさん」と市民に親しまれている。

一平が窓から中を覗き込み、

「おっ、いたいた」

と川で岩魚(いわな)でも見つけたように言った。「終わるまで待つか」

二人は庭園の花壇のレンガに腰をおろした。

色とりどりのチューリップが咲きみだれ、芝生の青い匂いが鼻をつく。

「じつは昨晩、葉造さんとうちの親父が激しく口論してな。原因はお前っちゃ」

「俺の……就職？」

「ああ。やっぱり葉造さんは、お前を高校へ行かせたいっち。うちの親父が『本人の希望を優先してやれ』ち言うても、てんで耳を貸さん。うちの親父に『あんな頑固者はおらん』ち言わせるんやけん相当なもんで。それにしても、なんで葉造さんはそこまで進学にこだわるかの」

「なんでち思う?」と俊介は訊ねた。

「一般的にいえば、父親は息子が自分の仕事を継ぐことを歓ぶはずや」

「そうっちゃ。お前んちもそうか」

「うちは家業やけん尚更な」

「でもお前は、大学まで行けち言われちょんのやろ」

「ああ。親父はキョーリンがいまだに銀行から融資を受けられんのは、自分に学歴がないせいもあるっち思うちょん」

「そうなん?」

「どうやろう。それもあるかもしれんの」

俊介は春霞にもやる別府湾を見おろして、ため息をついた。将来社長になる者には学歴が必要かもしれない。けれども調査員になりたい者には無用の長物ではなかろうか。あるいは葉造も自分の無学にコンプレックスを感じており、息子に仇をとらせたいのか。

やがて教会のドアが開き、授業を受けていた人たちがぱらぱらと出てきた。高校生の姿が目立つが、市民講座なので大人や子どもも混じっている。最後に湯太郎が、デーケン神父と話しながら出てきた。

「おーい、湯太郎」

二人は立ち上がって手を振った。

「あれ、来ちょったん？　神父、ご紹介します。僕の同級生です」

絵に描いたように謹厳な風貌をした神父は、二人に微笑みかけると、「See Yu-taro」と湯太郎の肩を叩いて、中へ戻っていった。

「いまのはSee youとYutaroを引っ掛けたんよ」と湯太郎が言った。

「それくらい解説されんでもわかるわ。なあ、一平」

「いや、全然わからんかった」

「ありゃりゃ」

三人は声をあげて笑った。

芝生のうえに、車座になって座る。

「さっきお前の家を訪ねたけど、住んでる気配はなかったぞ。いまはどこに住んじょるん？」と一平が訊ねた。

「コバケンの家。春休みに入るまで置いてもらうことになったんよ。休みに入ったら大阪のおじさんのところへ行って、今後の相談をしてくる」

「どげな相談な？」

「住む場所のこと、お金のこと、将来のこと。そういうこと全部よ」

「やっぱりおじさんの事務所で働くことになるん？」と俊介が訊ねた。

「たぶんな。じつは神父さんが僕を引き取って跡を継がせてくれるち言うたんやけど、丁重にお断りした。『そんなんじゃ将来、メシが食えへんぞ』ちおじさんが言うけん」

湯太郎の声には落ち着きがあった。母の看取りを経て、いくらか大人びたようだ。

「やけん、ひょっとしたら新学期から大阪に転校することになるかもしれんよ」

「えっ⁉」

二人は同時に声をあげた。

「お前はそれでいいんか？」と一平が訊ねる。

「よかないけど、仕方ないやんか」

「よかないよな。葉山紀見子もいることやし」

一平が湯太郎の片思いの相手の名前をだすと、湯太郎は「関係ないやろ！」と首筋まで真っ赤に染めて怒った。

「すまんすまん」

一平が小さくなって謝った。俊介はその様子に微笑を誘われた。いつものパターンだが、幼年時代から続くこの光景が、あと数日で終止符を打たれるかもしれないのだ。

湯太郎が、いなくなる。

遠くへ行き、会えなくなる。

俊介の心は真空のようになってしまった。

「なあ、湯太郎」

俊介は真空心地のまま呼びかけた。

「ひとつ訊きたいことがあるんやけど、いいか」

「いいとも」

「変な質問で」

「ノー・プロブレム」

「やったら訊くけど、お前はいまどれほど不安なん？」

「えっ？」

「一人になるっちゅうんは、どういうことか、お前の身になって想像してみようとしたんやけど、うまくいかんのよ。俺や一平には、養ってくれる親父がいる。毎日メシをつくってくれるお袋がいる。やけどお前は一人や。それはどれくらい不安なん？　寂しいか？　哀しいか？　お前の本当の気持ちはどうなん？」

俊介が訊ねると、湯太郎はみるみる表情を喪っていった。利発な湯太郎が言葉を見失うことじたい、珍しいことだった。やがて湯太郎の目から、ツーっと涙が流れた。透明なしずくは静かに、しかし止め処なく頬をつたい、芝生のうえに滴り落ちていった。

うおっ、と一平が太い涙をあふれさせた。

「泣け、湯太郎！　思う存分、泣け！」

湯太郎は膝のあいだに顔をうずめて叫んだ。

「なんで母さんは死んでしまったんよ！」

続けて叫ぶ。

「なんで母さんやないといけんかったん？」

俊介も熱いものが頬を伝った。一緒に泣くことしかできない自分の無力が恨めしかった。涙が引くと三人は芝生に寝そべり、空を見上げた。塩気のぬけた体は虚脱感につつまれ、しばらく立ち上がれそうになかった。

海風によって靄が払われると、ぽっかり青空がのぞいた。青かった。吸い込まれてしまいそうなほどの青だ。俺はこの空の青さを、生涯きっと忘れないだろうと俊介は思った。

空に向かって、一平がつぶやくように言った。

「俺に考えがある。ちっとう時間をくれんか」

その晩、葉造から「話があるけん座れ」と言われた。きた、と俊介は思った。進学を命ぜられたら、一度は抗弁するつもりだった。父の前に膝を折ると、花奈が二人にお茶を淹れて台所に下がった。

「一つずつ、譲り合おう」

と葉造が言った。

「お前は高校に行くことで、俺に一つ譲れ。俺はお前が高校卒業後、まだキョーリンに入りたいち言うんなら、永伍に掛け合って入れちゃる。これで貸し借りなしっちうことで、どうな」

「わかりました」

俊介は頭で考えるよりも先に、口が返事をしていた。葉造が頭ごなしに進学を押しつけてこなかったことが嬉しかった。それであっさり折れてしまった自分は、どうしても就職したい訳ではなかったのだと気づかされた。

「あしたはトンカツを揚げましょうね」

やりとりを見守っていた花奈が、嬉しそうに言った。

終業式のあと、三人は裏山へ向かった。

上履きや教科書でパンパンに膨らんだカバンを根本に放り投げ、クスノキによじ登る。

昼前から気温が上がり、この調子なら明日にでも桜のつぼみが開きそうだった。

「こういう日を、春風駘蕩(しゅんぷうたいとう)ち言うんじゃろうな」

樹上から湯太郎が周囲を睥睨(へいげい)して言った。

俊介は胸いっぱいに空気を吸い込んだ。たしかに春の甘い味がする。

「春風駘蕩か。さすがにオール五の人間は言うことが違うな」と一平が言った。

湯太郎の通信簿は主要五科目がオール五で、それ以外はだいたい四。

　俊介は体育が五のときがあったりなかったりで、あとはばらばら。一平は国語がつねに五だった。というのも一平は読書家で、とくに吉川英治や山岡荘八の歴史小説を好んで読む。時おり、「武蔵はやはり剣の達人やったち思うな」とか、「本多忠勝ちうのはなかなかの人物や。家康が天下を獲れたのは家臣団のお陰よ」などと言う。

　一平はちぎった葉っぱを銜え、「集まってもらったんはほかでもない」と言った。

「二十六年前、このクスノキの上で誓いを結んだ三人の十五歳の男がおった。うちの親父と、俊介の親父と、純一さんちいう人や。十五ちいえば昔の元服。大人になってそれぞれの道を歩み始める頃よ。そこで親父たちは言い交わした。『道は違えど、永遠の友であることに変わりはない。誓いを結ぼう』とな。約束は三つあった。一つ、友のピンチは助けること。助けられる側も遠慮したらいけん。二つ、友の頼みは断らんこと。三つ、友に隠し事をせんこと。どげえな、俊介は聞いたことあるか？」

　俊介はかぶりを振った。初めて聞く話だ。

「もう一人の純一さんち人は、死んだんやっけ？」と湯太郎が訊ねた。

「ああ。満州で戦争の犠牲になったらしい。お前みたいに頭の冴えた人やったそうや。うちの親父が兵隊に取られるとき、三人は『死んだらあのクスノキでまた逢おう』と誓い合ったそうやが、結局その純一さんだけが亡くなった。それはともかく、しょせん一人の人間に出来ることなんかタカが知れちょん。扶け合わねば生きていけん。どげえな。誓いを結ぶか、結ばんのか」

「もちろん、結ぼう」と俊介は言った。

「僕もオーケーよ」と湯太郎が続く。

「それでは天沢一平は、この三箇条を誓う」

「合志俊介も誓う」

「Yutaro Niwai, too」

湯太郎の巻き舌が可笑しくて、

「なんな、それ」

と俊介は噴き出した。二人の高らかな笑い声があとに続く。

少年たちは、世間の大人が欲しがるものは、何ひとつ持っていなかった。けれども若葉は香り、春風は頬をくすぐって、笑い合える友がいた。それだけで充分だった。

「それでは早速、誓いを発動させてもらうぞ」

と一平が言った。「湯太郎。お前は俺と一緒に小倉（こくら）の志學館へ進学しよう。学資はうちの親父がもつち言いよん」

「えっ⁉」

これには俊介も驚いた。志學館といえば全寮制の男子校で、文武両道の私学として名高い。

「親父はお前が社会に出るまで、一切合切の面倒をみるっち約束した。東大でも通訳でも、好きなものを目指せ」

「でも……」

「こら、遠慮は禁物ち約束したはずで。それにうちの親父はむかしから家に書生を置くのが夢での。いつか、そういう分限になりたいち言いよった。やけん葬式でお前を見て『よし、俺が面倒をみよう』ちなったわけよ。志學館の寮に入るまでの一年は、うちの離れに住め。ちょうど住み込みの社員がひとり出て行ったばっかりや。共同生活になるけど、構わんやろ」

俊介は一平の策士ぶりに舌を巻いた。絵を描き、根回しをして、機が熟すのを待っていたのだ。

「でも、そんなん悪いわ」と湯太郎が言った。

「気にするな。いつか借りを返してもらう日もくる。決まりでいいんな?」

「やけど……」

「なんなん。志學館が気に食わんの?」

「そんなことない。単に申し訳ないだけよ」

「何度も言わせるな。遠慮するんは誓いを立てた相手に失礼で。俺は将来自分が困ったとき、お前らに全財産を質に入れてでも、助けてもらうつもりよ。男同士の約束とは、そげえもんじゃ」

「そっか……。じゃあ、うん。ありがたく乗らせてもらうわ。やっぱり別府を離れるのは嫌やし」

よしっ、と一平が拳を叩いた。「ところで、それでも今日お前は大阪に発(た)つん？」

湯太郎は四時の汽船で大阪に向かう予定だった。

「うん。こうなったらおじさんに現状を説明せんといけんし、せっかく大阪を見るチャンスやもん」

「やったらあとで見送りに行こう」

と一平が言った。俊介は頷いた。

「わかっちょんち思うけど、今日の誓いのことは他言無用。一生、三人の胸の中にしまっちょこうな」

俊介はうちに戻ると、花奈に握り飯をつくってもらい、それを持って家を出た。別府港は目と鼻の先である。

俊介は桟橋あたりに腰をおろした。砂浜では気の早い人たちが水着姿になって、貸天幕(テント)の下で砂湯を楽しんでいた。砂湯の効能はつとに有名で、とくに神経症に効くという。

湾内に目を移すと、湯治船が停泊していた。その名のとおり湯治が目当てで、愛媛あたりの漁村から瀬戸内海を漕(こ)ぎ渡ってきた船だ。湯に浸かる時と、買い物の時しか陸には上がらない。船内で寝起きしながら、長ければ数ヶ月も湾内に逗留する。

——船の暮らしは、住所のない世界。それじゃ地図屋は商売上がったりやな。

そんなことを思いながら二人を待っていると、

「おい、一人でなにニヤニヤしよん。気持ち悪いぞ」と一平の声がした。

「お、来たか」

「あれが湯太郎の乗る船か」

一平が船着き場の汽船をさした。全長七十メートル、二〇〇〇トン級。この船が明朝には、湯太郎を大阪に届けてくれる。

やがて湯太郎も、どちらが背負われているのか分からないほど大きなリュックを背負って到着した。

「でか過ぎんか、それ」と俊介は言った。

「どうせ帰りはお土産を持たされるけん、これで行けっちコバケンが」

「なるほどな。ほれ、餞別を持ってきたぞ」

一平が尻ポケットからクラスの集合写真を取り出した。「愛しの人を眺めちょれば、旅も寂しくないやろ」一平と葉山紀見子は同じクラスである。

「要るかっ！」と湯太郎は写真を突っ返した。

「遠慮禁物っちいうルールをまた忘れたか」

「断固ことわる」

「なんか。せっかく持ってきちゃったに」

一平はしぶしぶ写真を収めた。どこまでが本気で、どこからが冗談なのかよくわからない。

「あっ、乗船がはじまったで。ほれ、こっちは本物の餞別や。親父から預かってきた」

一平が湯太郎のポケットに封筒をぐいとねじ込んだ。

「こっちは握り飯や」

俊介も湯太郎のリュックに握り飯を入れ、ポンと背中を押す。「じゃ、行ってこい」

「ありがとう」

「ほんとに葉山の写真持って行かんでいいんか」

「しつこい！」

湯太郎が船に乗りこんだ。汽笛が鳴り、ゆっくりと船が動き出す。

二人は、湾をぬけた船が小さな点になるまで、目を細めて見送った。

一年後、三人は卒業式のあとクスノキに集合した。

「まず、俺からいくで」

一平は手にしたナイフで、父親たちの文字の横に「一」の字を刻みこんだ。次に俊介が「俊」の字を、最後に湯太郎が「湯」の字を。

永葉純
一俊湯

クスノキに刻まれた六文字を見ていると、なにかしら愉快な気持ちになってきた。「ふふふ、できたの」「ああ、できた」「浜中卒業や」「うん、卒業や」「万歳でもするか」「ああ、しよう」「浜中卒業、万歳！」


「バンザーイ！」

「バンザーイ！」

三人が放り投げた学帽は風に乗り、思ったよりも長く宙を舞った。

# 二章　出会い　1964年、夏

俊介は「ふうーっ」と大きな息をつき、ロンジンの腕時計を見た。就職するとき葉造から貰ったお下がりだ。十一時三十七分。

体じゅうから汗が噴き出していた。熊野の夏はジメッとしているが、これは冷や汗である。今しがた、紀州犬に噛みつかれそうになった。

表札が敷地内にあったので、確かめさせてもらおうと足を踏み入れた瞬間、どこからともなく白い成犬が現れ、突進してきた。飼い主の「待て！」の一言が数秒遅れていたら……と思うと生きた心地がしない。

高校卒業後、キョーリンに入社して二年半が過ぎた。犬に噛みつかれそうになったのはこれで二度目だ。調査員の天敵は犬である、という葉造の教えが骨身に染みた。

足の震えがおさまると、腹が減っていることに気づいた。

――どうせなら、勝浦港を見おろせる場所で食おう。

あたりを見回すと、すこし離れた山の辺の道から石段が延びていた。俊介はそこまで行き、石段を登り始めた。これから調査に入る土地を高台から見おろしたくなるのは調査員の習性である。たとえば城下町なら、着いたその日に天守閣に登る。全景を頭に焼きつけておきたいのだ。

登りきると、視界が開けた。小さな神社に祠（ほこら）があり、その近くに清水が湧いていた。咽喉（のど）がごくりと鳴る。手に溜めて飲むと、つめたい水が五臓六腑に染み渡った。

俊介は白地図を載せた画板を首からはずし、リュックから、めはり寿司を取り出した。この地方の携行食で、握り飯に高菜漬けを巻きつけたものだ。腐らないし、この塩っ気が夏場にはありがたい。

境内には見たこともないカラフルな花が咲き、黒と黄のまだら蜘蛛が大きな巣を張っていた。南紀地方へ調査に入って一週間になるが、つくづく亜熱帯だなと思う。

――午後から、いよいよ漁師町か。

めはり寿司を頬張りながら、気を引き締めた。ちょうど一年前、高知の漁師町で何度も怒鳴られたことを思い出したのだ。

調査員にとって漁師町は鬼門だった。というのも漁師は暗いうちに漁へ出て、日が昇る頃には酒を飲んで昼寝している。そこへ調査員が訪れるとどうなるか。

表札が出ているなら、それを記して立ち去るのみだ。ところが田舎は誰がどこに住んでいるか大抵知っているから、表札が出ていないことも多い。漁師町はとくにそうだ。出ていても潮風で風化して読めないこともある。そういうとき、調査員は「ごめんください」と声を掛けねばならない。これを聞き込みという。

「地図会社の者ですが、お宅のご氏名を教えて頂けませんか」

「なんか、きさん！　勝手に人んちに入りおって！」

漁師はもともと気性が荒いうえに、午睡を邪魔されて機嫌が悪い。けれどもこちらも仕事だから、氏名と表記を聞き出さねば地図ができない。

「お休みのところ本当に申し訳ありません。地図会社の者でして、ご氏名を……」

「きさん、ほんまに地図会社のもんか！」

「本当に地図会社の者です」

「うそつけ、役人やろう！」

俊介は調査員になって二つのことを学んだ。一つは、日本人は農村と漁村でまったく種族が異なるということ。もう一つは、どちらも税務署員が大嫌いということだ。税務署員に間違えられた調査員が、バットを持った店主に追いかけられたなんて話はゴロゴロあった。

俊介はあっという間にめはり寿司を平らげた。笹の葉の包みを湧水で丁寧に洗い、口を漱いだ。

視線をあげると、入江の向こうに太平洋が見えた。

――あいつら、どうしよんかな。

ふと二人のことが思い出された。

一平は中央大学に進学し、東京の八王子で下宿生活を送っていた。いまは大学三年生だ。二年にあがるとき、永伍が前触れもなく来訪して告げたという。

「今日からお前は一人っきりの東京支社長や。手始めに学生バイトを使って埼玉県のどこか小都市の地図をつくってみろ。自分の学費も生活費もそれで稼ぐんや。初動はこれで賄え」

そう言って、ぽんと三十万円を置いていったという。キョーリンの連中は「いかにも親方らしい帝王学や」と笑い合ったが、笑っていられないのは一平である。学費と仕送りを打ち切られたのだ。一平はバイトをかき集めて地図づくりを始めた。自身も首から画板をぶら下げて調査に出ているという。最近もらった便りにこうあった。

留年せぬかと、眠たい目をこすりながら勉強している。なにせこちらは毎日調査があるから、授業など出ていないのだ。地図づくりは大変なものだな。今日は借金取りから逃げている人に『どうか載せないでくれ』と懇願された。まさしく世界の縮図だ。親父から『次は横浜市の郊外を攻め落とせ』と矢のごとき催促だ。ゆっくり本を読む暇もない。たまに学校に行けるとホッとする。まったく困ったものだよ。

湯太郎は一橋大学に進学し、千葉県の市川に下宿していた。こちらには永伍からきっちり仕送りが届くという。それでも湯太郎が苦学生であることに変わりはなかった。司法試験の合格をめざして猛勉強中だからだ。参考書は高いし、予備校にも通っている。唯一の贅沢は月に一度、英語を聴くために洋画座へ二本立てを観に行くことだという。先日届いたハガキにはこうあった。

法学ゼミには司法試験に落ち続けて三十歳を超えてしまった人が何人かいて、後輩から「仙人」と陰口を叩かれている。こうなると合格は覚束ない。他山の石とせよ（Let this be an object lesson to you）だね。

P.S.今夏は僕も一平も、別府には帰れないかも。

俊介は二人から近況を聞くたび、東京での学生生活をまぶしく感じることはあった。しかし羨ましく思う気持ちは薄かった。やはり自分は山を歩いたり、湧き水で咽喉を潤すほうが性に合っているのだ。

高校時代は長期休みのたびに二人と会った。普段離れているとなんとなく壁を感じるものだが、会えばすぐに中学時代の調子を取り戻せた。

湯太郎が志學館でもトップクラスの成績を維持していることには驚かなかったが、一平の変わりようには驚いた。

一平は高一の終わりに柔道部をやめて〝思索家〟になったのだ。休みの日は朝から晩まで、寮のベッドで哲学書や文学書に読み耽っているという。

高二の夏休みに会ったとき、

「カミュの『異邦人』を読んだか。俺は三回読んだぞ」

と言われ、俊介も手に取ってみた。十五頁でやめた。何が面白いのかわからなかった。

一平の相貌に翳(かげ)ができた。永伍は息子が「アカ」になりはせぬかと心配したらしい。大学に入った一平を兵糧攻めにした理由の一つはそれだろう。永伍の哲学は明快な三箇条からなっていた。男なら空理空論を言わず、しょっぱいものを食いながら、額に汗して働け！

俊介の高校時代は、ジャンプで過ぎていった。二年生になると幅跳びの選手は俊介だけになった。一人で跳んだ。砂を均(なら)して、また跳んだ。

ときおり辺りがしんと静まり返り、なにも聞こえなくなる瞬間があった。そういうときは助走の一歩目から足裏がしっかりと地面をつかみ、踏切も完璧、快心のジャンプができた。自己ベストを更新するのはそんなときだ。

俊介はスタート地点で「それ待ち」をするようになった。しかしそれが訪れることは滅多になかった。時間切れで心ならずもスタートを切ると、大抵うまく跳べなかった。

「合志くん、頑張っちょんね。わたしもちょっと練習させて」

田部井香織が砂場へやって来ると、俊介の胸は高鳴った。香織は五種競技の選手だから、幅跳びも練習メニューの一つに入っている。

「最近、助走の歩数が合わんのよ。合志くんはどうやって合わせよるん？」

「無理に合わせに行かんことやな。ばっちり合うことなんて滅多にないけん、無意識に任せるんよ。体が勝手に合わせてくれるようになったら儲けもんや」

「深いこと言うなぁ」

香織が微笑み、可愛らしい八重歯がのぞいた。「さすがジャンプの専門家やね。やけどわたしはそこまで練習できんしなぁ」

よかったら練習に付き合おうか。いつでも時間を空けるよ。そう言えたらどんなに良かっただろう。結局、俊介が卒業までに気持ちを打ち明けることはなかった。

選手としては三年の夏に、砂場で雷に打たれるように悟った。

――俺は、この程度の選手で終わるんや。

以後、その通りとなった。そこから自己ベストが更新されることはなかった。しかし後悔はなかった。中学、高校とやりきったと思う。むしろ心地よい空しさが胸を吹き抜けていった。

――さて、行くか。

俊介はもういちど勝浦の漁師町を見おろして、効率的なルートを頭に思い描いた。今朝は七時から山村を回っているから、一時間後には退け時だ。本格的な調査は明日からになる。調査の仕事は田舎で七〜八時間、都会なら五〜六時間が目安とされていた。それ以上やると目まいや吐き気に襲われることがあるからだ。とはいえ、各自のスタイルは様々だった。気分次第の人、時間厳守の人、一日の目標軒数にこだわる人などがいた。

調査は思い通りに行かないことの方が圧倒的に多かった。その理由の一つは、いま俊介が首からぶら下げた画板に載せた「森林基本図」にある。これは「ないよりはマシ」といわれるほど精度が低い白地図で、縮尺は5000分の1。道の表記抜けが多かった。

調査員はこの地図に載っていない道を見つけたら、奥まで歩いて行き、人が住んでいるか確かめねばならない。「三十分歩いたすえに、突き当りは廃材置き場だった」なんてことはザラだった。というよりも、ほとんどがそうしたスカだ。

しかしこの往復一時間の手間を省くことはできなかった。万が一そこに民家があった場合、不確かな地図になってしまうからだ。この一軒が大きい。一人の調査員が三日に一軒の間違いを犯せば、村単位で数軒、市単位で数十軒、県単位で数百軒の間違いが生じてしまう。これでは売り物にならない。

調査の仕事は、手を抜こうと思えば、いくらでも抜けた。それを防ぐのは調査員の職業的良心しかない。スカを覚悟で、うんざりするくらい変わり映えのしない田舎道を踏破できるか。犬に吠えられ、漁師に怒鳴られながらも、「あちらの山陰に民家はありませんか」「廃屋に見えますが人は住んでいませんか」と聞き込みができるか。誰にでも出来そうで、誰にでも出来る仕事ではない。

永伍はこうしたことがわかっているから、調査の予定日数や予算をオーバーしてもあまり怒らなかった。しかし調査で手を抜いたことがわかると、烈火のごとく怒り、即刻クビを言い渡した。永伍はよく口にした。

「世の中には絶対に間違えちゃいけん印刷物が三つある。電話帳、新聞の株式欄、住宅地図や。諸君、誠実を胸に刻んで歩こう」

俊介は一時間ほど漁師町を調査したあと、十五時過ぎに公民館へ帰った。村役場に掛け合い、ただで貸してもらっている寝泊り場だ。

軒先で、調査リーダーの隆（りゅう）さんが足を洗っていた。俊介も桶に水をためて持って行き、「お疲れさまです」と隣に腰をおろした。

「やあ、お疲れさん。どげえや、港のほうは？」

「どうにか無事でした。いまはみんな遠洋漁業に出ちょんけん、おかみさん連中しかおりませんでした」

俊介は腰をかがめ、足指を洗いながら答えた。

「それは好機やの。南紀の漁師ちうたら、クジラやマグロを追いかけよんけん、気の荒いもんばっかりや。いまのうちに一気呵成に仕上げてしまうといい」

隆さんは白髪の目立つ年頃で、若いころは新聞記者をしていたらしい。いつも尻ポケットに岩波文庫の『唐詩選』や『万葉集』を入れて歩き、休憩のたびに開くという。

二人が足を洗っていたらハジメさんも戻ってきて、

「ただいま帰りました！」

と軍隊式の敬礼をした。堂に入っているのは、本当に陸軍士官だったからだ。朴訥な雰囲気の農家の次男坊で、この人も俊介にとっては親世代にあたる。

最後に雑賀(さいか)さんが戻ってきた。この人はむかし別府の海門寺公園で紙芝居をやっていた人だ。聞くところによると、葉造が公園のベンチで画板をぶら下げて休憩していたら、

「お宅は絵描きか何かですか」

と話しかけてきたという。

葉造が「地図屋です」と答えると、

「地図屋さん……。あのー、よかったら私もそこで雇ってくれませんか。もう子どもたちに紙芝居を聴かせて食べていける時代やありません。私もいろいろな土地を渡り歩いてきましたけん、ちっとうはお役に立てるち思いますよ」

この話じたい、どこか紙芝居めいているが、草創期のキョーリンはこんな感じの寄せ集めばかりだった。元新聞記者、元軍人、元紙芝居屋、元鉄くず拾い、元植木屋。葉造も若い頃は大工に弟子入りしていたことがあるという。

しかし「元」の数でいえば、創業者の永伍がダントツだろう。敗戦後、永伍はさまざまな商売に手を染めた。駄菓子屋、廃品回収、海底ケーブルの払い下げ品の転売。どれもうまくいかず、あるとき漬物屋を始めた。

とん、とん、とん。

戦後の別府の青空の下。永伍は軒先で大根を刻みながら、いかに生きるべきかについて考えていたという。長男の一平は、もう小学校に上がっていた。

ある日、溢れかえる観光客のために冊子をつくってみようと思い立った。永伍は見よう見真似で、「観光別府」という数頁の小冊子をつくった。おまけとして巻末に観光地図をつけたところ、このおまけの方が読者の大反響を呼んだ。

「便利なものだから、もっと広範囲なものが欲しい」という声が殺到した。

しかし永伍の商魂をかきたてたのは、商家の声だった。

「今回載った店には、客が押し寄せよんやないか。次に出すときは、ぜひうちの店も載っけてくれ」

地図は、商売になる——。

永伍は床屋の二階の六畳間を借りて、臨時の編集室を置いた。葉造に声を掛けたのもこの頃だ。

別府には二千の泉源があり、四百軒の旅館がある。食堂や土産物屋ともなれば、数も知れない。永伍は次の地図づくりに取り掛かる前に、旅館や商店に声を掛けて回った。すると驚くほどの広告予約金があつまった。キョーリンの資金調達システムが誕生した瞬間である。第二弾の地図も瞬く間に完売した。巻末には名刺広告がずらりと並んだ。広告主たちは、自分の氏名や屋号が印刷物に載り誇らしげだった。

ある日、地図の評判を聞きつけた税務署員が訪ねてきた。

「一軒ずつ氏名が入った地図はないんかね？」

聞けば、市内の空き地を不法占拠した闇市や、無断建築の商店から税を徴収する手段がなくて困っているという。

これや！

永伍の脳裏に稲妻が走った。電気、ガス、水道、郵便、交番。今後復興が進めば、あらゆる公共機関が住宅地図を必要とするようになるだろう。出前や配達にも欠かせないはずだ。地図とは、そもそもが物騒な代物だった。戦前は「要塞地帯法」という厳めしい法律があり、民間人が地図をつくることは禁じられていた。最高の軍事機密だったのだ。ところが、戦後の空白が、地図業界にもぽっかり空白をつくりだしていた。

永伍は天の声を聴いた気がした。

「日本中の全建物と全氏名が入った住宅地図をつくる。それが俺の使命じゃ」

永伍は江戸時代の古地図を買いあつめ、地図づくりの参考にした。

〝戦争や統治のための地図づくりから、生活や商売のための地図づくりへ〟

これが天沢永伍、最大の発明だった。

俊介はこうしたことすべてを、調査先の「夜の学校」で聞いた。

この日も、皆が本日の調査の清書を終えたころ、

「さあ、始めんね」

というリーダーの隆さんの一言で酒盛りが始まった。おのおの茶碗に焼酎をそそぎ、車座になって飲み始める。

元軍人のハジメさんが言った。

「今日、狗巻(いぬまき)さんっち苗字を見つけたわ。珍しいね」

「それならわしも昨日、硯(すずり)さんっち苗字を発見しましたよ」と紙芝居の雑賀さんが言う。

すると隆さんが「あんたの雑賀っち苗字は、ここらあたりが発祥やないん？　ほら、鉄砲の雑賀衆」と言った。

「ああ、そんな説をじいさんから聞いたことがありますな。それにしても一体全体、日本にはいくつの苗字があるんやろか。佐藤(シュガー)さん、高橋(ハイブリッジ)さんばかりでも飽きてしまうが、珍しい苗字に当たると、なんかこう、ちょっと不安になりますね」

雑賀さんが調査員の隠語をまぜて言った。ほかにも鈴木(リンムー)さん、田中(デンチョン)さんという中国風の隠

語もある。

「俺は興味をもって、調べたことがあるんよ」

元記者の隆さんが言った。

「日本の苗字は十万とも二十万とも言われちょる。お隣の朝鮮が三百足らずやけん、日本は多いな。ところが上には上がおって、アメリカはなんと百万」

「百万！　苗字が⁉」と雑賀さんがのけぞった。

「移民の国やけんね。ルーズベルトやアイゼンハワーに言わせれば、サトウもスズリも同じくらいヘンテコな苗字よ」

「鬼畜米英！」

雑賀さんがふざけて敬礼すると、元軍人のハジメさんも「賛成！」と敬礼を返した。二人は同時にプッと噴き出した。俊介にとって「夜の学校」は大人の階段を上るための勉強時間だが、彼らにとっては心置きなく子どもに戻れる時間なのだろう。俊介はまだ酒を旨いと感じたことはなかったが、一日の仕事を終えたあと、こうしてみんなでリラックスして話す時間は好きだった。

「話は変わるけどな」

隆さんが言った。

「親方がまた福井と京都の地図会社を傘下に入れたっち話、本当かの」

「えっ、また？」と雑賀さんが驚いた。

「今年に入って何軒目じゃろう」

隆さんは指折り数え始めたが、すぐに諦めた。それくらい、このところの永伍の吸収合併戦略は凄まじかった。

日本各地にある地図会社は、たいてい地域密着型の個人商店だ。四、五人の零細企業が多い。地図商売はパイが小さいから、地域に一社あれば充分で共存はできない。だから永伍は各地の地図会社に飛び込んで説いた。

「うちの傘下に入ってくれんか。一緒に苦労しよう」

膝が触れ合うほどの距離で話すうち、やがて相手はキョーリンに敵わないことを悟る。

とくに設備面がそうだ。永伍は〝狂〟がつくほどの機械好きで、新しいもの好き。二年前にキョーリンが自前の印刷所を持ったときは、念願だった菊全オフセット印刷機を導入した。

「これで一時間に二千三百枚は刷れるぞ」

と頰擦りせんばかりに喜んだが、真夏に入ると製版係から「汗でべとついてトレース作業が進みません」と泣きが入った。すると今度は最新鋭の冷房機を導入した。ところが建物は隙間だらけで冷気が逃げる。最後は社員総出で、ガムテープを壁に貼って回るというオチがついた。

こんなふうに拡大路線を突っ走っていたから、キョーリンの台所は火の車だった。しかし時代の後押しは大きかった。十四年前の朝鮮特需から基本的に好況が続き、神武景気と岩戸景気が労働者の賃金をおしあげた。膨大な中流層が生まれ、ニュータウンの造成、マンモス団地の開発、駅前の区画整理をうながした。住宅地図の出番である。

池田勇人首相が「所得倍増計画」をぶちあげると、家電の月賦販売ブームがおきた。三種の神器に手が届かなかった庶民の家にもテレビ、冷蔵庫、洗濯機がやってきた。売り手にしてみれば、ローンを組んだ客の住宅確認は必須だ。ここでも住宅地図の出番である。

モータリゼーション化も進み、企業の営業エリアは拡大した。銀行や不動産屋の営業車には、一台につき一冊の住宅地図が常備された。

これだけでもキョーリンにとっては強烈な追い風だったが、一昨年、仕上げの神風が吹いた。「住居表示に関する法律」が発表されたのだ。

復興や核家族化による世帯数の増加により、明治時代から続く「大字」「小字」「番地」という住所表記法がパンクした。日本政府はアメリカの住宅表示制度を参考に、新しい戸番制度を導入した。たとえばこれまで「別府市大字青山243」だった住所は、「別府市青山町2-4-3」となる。こうした新表記が、ゆっくり時間をかけて日本全土に行き渡るという。住宅地図の爆発的な需要が見込まれた。

「キョーリンの住宅地図は、いつか陽の目を見る」

そう言い続けてきた永伍の言葉が現実味を帯びてきた。いや、ともすれば現実のほうが、永伍の予想を越えて突っ走っていた。

　永伍はこうした時勢を買収先に説いた。

「いまは地図屋どうしで食い合ってる場合やない。みんなで一丸となって時代に追いつこうやないか」

　各地の経営者には、そのまま支店長の座を約束した。家族まとめて別府の温泉へ招待し、印刷工場を見学してもらったりした。一家に年頃の子女があれば、会社から奨学金を出す。永伍の人柄にほだされる経営者は多かった。

　こうしてキョーリンの支社は、各地に物凄いスピードで増えていった。社内ではこれを「国盗り物語」と呼ぶようになった。昨年から週刊誌で連載が始まった司馬遼太郎の小説の題名である。

　キョーリンにとっては、会社買収でその地域の地図がまるごと手に入ることが有り難かった。地図づくりは、なんといっても初版の調査費用と手間が大きいのだ。

　永伍はよく口にした。

「初版は荒地を耕す行為。利益は改訂版から生まれる。おなじ土地から二毛作、三毛作、四毛作と恵みを得られるように、丹精こめて耕して行こう」

　初版投資とメンテナンスの継続。これこそ地図づくりの永遠のテーマであり、利益の源泉だった。

翌朝、俊介が勝浦港を訪ねると、村はお祭り騒ぎだった。男たちが七ヶ月ぶりに漁から帰ってきたという。

荷下ろしが始まると、いったいこの船のどこにそんなスペースがあったのか、と呆れるほどマグロが次から次と出てきた。

旅に出て、稼いで、戻ってくる。

俺たちと似ているな、と俊介は思った。キョーリンの調査員は自分たちを渡り鳥や遊牧民になぞらえることがあるが、遠洋漁業をレパートリーに加えてもいいかもしれない。

いずれにせよ、この様子では今日はルートを変えねばなるまい。また怒鳴られるのがオチだ。そう思ったとき、まるで俊介にだけ聞こえない号砲が鳴ったみたいに、村人たちが一斉に退け始めた。

――あれれ、これならやってみる価値があるな。

すべての家が在宅だなんて、聞き込み調査にお誂(あつら)え向きではないか。

俊介は調査を始めた。早速、二軒目のトタン屋に表札が掛かっていなかった。

「ごめんください、地図会社の者ですが」

開けっ放しの玄関から声を掛けると、赤ら顔の漁師が四つん這いで出てきた。

「なにぃ？　地図会社？」

すでに一杯機嫌である。

「いまここらを調査で回っています。ご氏名をお伺いできませんか」

「ご氏名ぃ？」

俊介は怒鳴られる覚悟をしたが、

「それはご苦労さんやの」

と漁師はにっこり笑った。

「俺は鈴木太一。ニッポンいちのマグロ漁師と地図にでっかく書いといてくれ」

「はい、書いておきます」

俊介が愛想よく答えると、漁師は気を良くしたらしい。「ちぃと待ちぃ」と言って、奥に下がると、惚れぼれするようなマグロの柵をぶら下げて戻ってきた。

「これ持ってけ」

「いや、こんな立派なもの」

「いいから持ってけ！」

俊介は礼を言って玄関を出た。結局、怒鳴られた。

その日の夜の学校でマグロを刺身にして出すと、

「うひょー、これは旨そうやな」

と歓声が上がった。

みんなで舌鼓を打ったあと、これまでの貰いもの自慢が始まった。調査先の農家で採れたての野菜を山ほど貰った者もいれば、淋しい未亡人に夕食をご馳走になった者もいた。紙芝居の雑賀さんは土地持ちに「今から一緒にキャバレー行かんね？」と誘われたこともあるという。

「それでもこのマグロには敵わんな。これで俊坊も一人前よ」と隆さんが言った。

「いやぁ、僕なんかまだまだです」

「そんなことないっちゃ。このまえ広島の調査で葉造さんと一緒になっての。『俊坊が一本立ちしてよかったの』ち言うたら、『そうですね。ようやくみなさんの足手まといにならず調査ができるようになりました』ち言いよった。葉造さんはああ見えて、いっつも俊坊のことを気にかけちょんのよ」

「はあ……そうでしょうか」

「そうやとも。『息子が同じ仕事について嬉しいやろ』ち聞いたら、ニコニコしちょったもん。葉造さんのあんな嬉しそうな顔を見たのは初めてや。俊坊は一番の親孝行をしたな」

俊介は父の顔を思い浮かべながら、お椀の焼酎に口をつけた。葉造はいま、岐阜県の飛騨地方を調査中のはずだ。

「しかし調査員が広告営業もやっていた時代は、大変やったでしょうね」

と俊介は話題を変えた。いつまでも自分の話題が続くのはこそばゆい。

「そら、生きた心地がせんかったよ」

と古株の隆さんが言った。

「なんせ『その日の食い扶持は、着いたその日に自分で稼げ』やろ。あん頃は調査中、ずっと上を向いて歩きよった」

「上？ なして上ですか？」と俊介は訊ねた。

「看板や電柱を見るためよ。そこに広告を出しちょる店は、出稿に積極的っちうことやん。そんな店を書き留めちょいて、あとで飛び込み営業するんよ」

「なるほど」

「この方法に気づいてからは、成績が上がったな。やけど親方には敵わんかった。あの弁舌に、みんなコロッと騙されるんよ」

「あー、そうでしょうね。その点、葉造さんは効率が悪かったな」

「あんなムスッとしちょったら、広告なんか取れるわけありませんけん」と俊介は言った。

「ところが広告成績のトップは、いっつも葉造さんやった」

「ええっ⁉」

俊介は飛び上がらんばかりに驚いた。

「聞いたことない？」

「ありません」

「そうか。それなら教えといちゃろう。俺たちが二時間で回るエリアを、葉造さんは五時間かけて回りよった。なんせお寺さんが相手でも、『わたしどもは別府の地図会社の者でして』とイチから広告営業を始めるんやから、あれは真似できんかったよ」

「そう、葉造さんはよう広告を取りよった」

とハジメさんが言った。

「いまやけん白状するけど、俺は十年前の長崎で、広告が連日坊主での。こりゃエライことになった、親方にドヤされると思っちょったら、葉造さんが自分の取った広告を裏で回してくれたんよ。あれはいま思い返しても、有り難い」

「そんなことがあったんですね」

俊介は父の知らない一面を見た気がした。広告を裏で回してやるのはいかにも葉造がやりそうなことだが、広告成績がトップというのは意外だった。けれども永伍のような口八丁のセールストークではなく、愚直な語り口で稼いだ広告と思えば、こちらも葉造らしいと言えなくもなかった。

リーダーの隆さんが柱時計を見た。

「おっ、もうこんな時間か。ぼちぼち寝よう」

皆がそそくさと片付けを始めた。夜の学校がお開きになるとき、俊介はいつも一抹の寂しさをおぼえる。そんなときだ、キョーリンに就職してよかったと思うのは。

俊介は寝床に入ると、入社して間もない頃、葉造と島根の松江へ調査に行った時のことを思い出した。

昼時になっても、葉造がなかなか休憩を取ろうとしないので、

「昼メシはどうするん？」と訊ねた。

「食わん」

というのが葉造の答えだった。

「食べると集中力が切れる。街の調査なら、朝の八時から昼の二時までぶっ続けでやってしまうんよ。食事はその後や。どうしても腹が減ったら、干し豆をつまめ。あと、調査中はどんなに疲れても座るな。立てんくなる時がある」

俊介は調査員デビューしてからしばらく、この教えを忠実に守った。腹が減っても水しか飲まなかったし、歩き疲れても絶対に座らなかった。

ところがいつしか――つい最近のことだ――食べたいときに食べ、座りたいときに座るようになった。

――父は父。俺は俺。

そう思えるようになって、ようやく自分が独立した調査員になれた気がした。ただし今でも道端に腰をおろして昼食をとっている時などに、「父は今もどこかで、食わず座らずで調査をしているのか」と思い、なんとなく気が咎めることはあった。

熊野調査から帰って一ヶ月後、永伍に社長室へ呼ばれた。

「もうじき入社三年やな。次は琵琶湖の東岸へ飛んでもらうぞ。滋賀県の長浜、彦根、近江八幡の三市や」

「承知いたしました」

「今回はお前が調査リーダーだ」

「えっ⁉」

「いつか東京を攻めるときは、お前に調査リーダーを務めてもらう。そのつもりでしっかり頼むぞ」

二十一歳で調査リーダーとは、大抜擢もいいところだった。俊介は唾をごくりと呑み込み、「はい」とうなずいた。その場でほかの遠征メンバーを告げられた。気だてのいいベテランばかりで、永伍の配慮が感じられた。

俊介は準備を始めた。まずは役場に問い合わせ、広さと世帯数から調査期間をはじき出した。

――三つの市をあわせて、おそらく三ヶ月とすこし。

宿泊費は出せないから、アパートを借りることにする。今回のエリアの中間にある彦根がいいだろう。探してみると、琵琶湖の近くに驚くほど家賃の安いアパートが見つかった。六畳一間に四人で寝起きすることになるが、そんなのはみんな慣れっこだ。長浜から彦根、近江八幡と南下する作戦に決まった。

一行は琵琶湖に飛んだ。

秋の深まりゆく近江は美しかった。遠くにのぞむ伊吹山の冠雪に目を奪われ、湖岸に打ち寄せる波音に耳が洗われた。

人もいい。商家の人は軽やかなアクセントで、

「ああ地図屋さんですか。それはご苦労さんです」

と柔和に対応してくれた。秀吉が長浜（ここ）で初めて城持ちになったことも教えられた。〝太閤さん〟はいまだに長浜市民に絶大な人気があった。

俊介の一日は、朝早くバケツとスコップを持って琵琶湖へ行き、シジミを獲ってくることに始まった。浅瀬を掘ればいくらでも出てくるので、朝晩の味噌汁に入れるのだ。

調査リーダーの腕の見せ所の一つは、調査中は倹約につとめ、最後に酒を大盤振る舞いすることにあった。そのために冷たい湖水へ手を浸し、せっせとシジミを掘った。

調査は順調に進んだ。

長浜と彦根の調査を終え、近江八幡に入ったのは師走のことだった。

メンバーたちは「これなら年内に別府へ帰れる」と喜んだ。というのも、費用や進行によ

っては、やむなく調査先で年を越すこともあるからだ。

俊介は調査を始める前に、町のシンボルである八幡山にロープウェイで登った。全景を見渡すと、町全体が美しい水郷だった。古い町屋が並び、お堀端では船頭がゆっくり舟を滑らせている。

近江八幡の調査は初日（ハナ）から三日続けて晴天に恵まれた。雨だと効率がガクンと落ちるから、俊介は好運に感謝した。嫌われる調査リーダーの三大要素は、ケチ、小言屋、雨男である。

四日目も晴れた。

空気は澄みわたり、町のどこからも八幡山がくっきり望めた。

朝から歩いていた俊介は、ある商家の前で足を止めた。

――ほう、見事なもんやのう。

風雪に耐えてきた白壁はまるで静かに呼吸をしているように息づき、格子戸は飴色に底光りしていた。質実さと洒脱さを兼ね備えているのが、ここらあたりの町屋の美質だろう。俊介はしばらく見惚れた。

――おっと、いけんいけん。

この町はどこを切り取っても美しいから、気を抜くとすぐ町並みに目を奪われてしまう。

調査を再開しようと鉛筆を握り直したとき、

「あんさん、さっきから何してはるん？」

と、後ろから女の声がした。振りかえると十七、八歳くらいの娘が、俊介が首からぶら下げた画板をのぞきこんでいた。顔と顔が触れそうなほど近かった。娘の首筋から、甘やかな匂いが漂ってくる。

「地図の調査をしております」

「あー、ほんまや。地図や」

娘はモダンなおかっぱみたいな髪型をしていた。着ているのは黒地に赤い水玉模様のワンピース。かたちのいい瞳がよく動く。

「西川さん、今出さん、野間さん」

娘が俊介の調査成果を読み上げた。京言葉に似たアクセントが、歌うようで心地いい。

「あれ、ここは中村さんのうちやなかった？」

「えっ、どこ？」俊介はあわててのぞきこんだ。

「ここ」

二人の指が画板の上で触れた。俊介はすぐに手を引いた。しかし娘は意に介さず、「あー、ええんか。そや、ここは須賀さんや」と勝手に騒ぎ、勝手に合点した。

「あんさん、かっこええ腕時計してはるな」

「まあ、古いけど」

俊介は左手に巻いたロンジンにそっと触れた。

「そこがクラシックでええんやないか。ところで、この町内をずっと調べて回らはるの？」

「この町だけやありません。近江八幡、全部です」

「そやったら、うちも載せるん？」

「もしここらへんでしたら」

「そいならうちに案内したるわ」

「えっ、でも――」

「ついてきて」

娘はさっさと歩き出した。農村で老婆に「上がってお茶でも」と引き留められることはよくあるが、町中で小娘に足止めされたのは初めてだ。

「あのー、調査には順番があってですね」

「大丈夫(だんない)、大丈夫(だんない)。男はどうたらこうたら言わんのよ」

俊介はため息をつき、娘のあとをついていった。ワンピースから突き出たふくらはぎが、搗(つ)きたての餅のように白い。

「それにしても、ここらの町屋は立派ですね。ここまで保存がいい町並みは、よそであまり見掛けません」

「ふーん。詳しいんやね」

「詳しいわけやないけど、いろいろ歩いてるけん」

「ここらへんの分限者(ぶげんしゃ)の家は、江戸とか明治からずっとこんな感じだそうよ」

「へーぇ。そんな昔から」

別府とはえらい違いだ、と俊介は思った。そのむかし「観光業は博打と一緒」と言われた時代、別府には全国から山師がわんさかと押し掛けた。だから別府にはよそ者の成り金が多いと言われる。

「あっ、これは……？」

いかにも由緒ありげな西洋建築の前で、俊介は足を止めた。

「これはヴォーリズさんの建てはった家」

「ヴォーリズさん？」

「えっ、知らんの？」娘が大きな声をあげた。

「知りません」

「八幡商業で英語の先生(センセ)をしてはった人で、ここら辺にはヴォーリズさんの設計した建物があちこちに建ってるんよ。ほんまに知らん？」

「知らん」

「メンソレータムを日本に初めて輸入しはった人やで」

「知らんもんは知らん」

娘が驚くほどに、俊介は憮然となった。

「はあ〜。ヴォーリズさんを知らん人がおるとはなぁ。ヴォーリズさんは近江八幡が大好きで、『近江八幡こそ世界の中心や』と思ってはったそうよ」

娘が誇らしげに言った。この娘もごく自然な感情として、ここが世界の中心だと思っているらしい。

再び歩き出してすぐ、娘が足を止めた。

「うち、ここよ」

古い町屋づくりの商家で、くずし字の看板が出ていた。

「これ、なんて読むんかな」

「ほぉら、うちがいてよかったやろ。これは〈麴屋（こうじや）〉と読むんよ」

「麴屋……」

俊介は漢字を思い出しながら、画板の上の白地図に書き込んだ。

「そいで、うちは川上（かわかみ）。川上未希（みき）。あんさんは？」

「合志俊介」

「俊さんか。よろしくね」

「うん、よろしく」

なにを？

「このあともこの辺りを回るん？」

「うん。こんどはこっちの区画やな」と地図の一角を指し示した。

「どこ？」

また顔と顔がくっつきそうになる。どうやら未希には、他人と不用意に距離をつづめてしまう癖があるらしい。

「あー、ここなら叔母ちゃんが住んでるあたりや。ちょうどええ。用事があったから、うちも付いてったるわ。ちょっと待っててな」

未希はいったん店の中に入ると、風呂敷包みを抱えて出てきた。

「ほな、ぼちっと行きましょか」

行きましょか、と言われても、俊介にはやりかけの調査がある。一軒ずつ立ち止まり立ち止まりしつつ、表札を書きとめていった。すると中から商家の女将（おかみ）さんなどが出てきて、

「あら未希ちゃん、何してはるん？」と声をかけた。

「この人、地図をつくってはるんやけど、面白そうやから付いて回ってるの」

「そらええな。ご苦労さん」

どの家でもにこやかに送り出されるところをみると、普段から未希は「そんな感じの娘さん」と見られているらしかった。風変わりな同行者というほかないが、表札が見つからないときは、

「ここは外村（とのむら）さん。外に村。去年頑固じいさんが亡くなって代替わりしたんよ」

などと教えてくれるので助かった。

——調査は孤独な仕事やけん、たまにはこういう事があってもよかろう。

俊介は自分にそう言い訳したが、それだけでないことは、自分でも気づき始めている。

「俊さんのご両親はご健在？」

「ご健在。親父も同じ仕事をしちょるんよ」

「そう。うちはお母さんが早う(はよ)に亡くなって、末っ子やったから、お母さんのことはほとんど覚えてへんの。だから、いまから会いに行く叔母ちゃんが母親がわり」

「ふーん。お父さんはあの麹屋の？」

「そう。十六代目」

「ずいぶん古いんやな。いつ出来たん？」

「たしか江戸の……なんて言うたかな。芭蕉はんがうちの味噌を舐めたって言い伝えがあるんやけど、芭蕉はんが生きてたのっていつ？」

「芭蕉って、松尾芭蕉？」

「そう」

「うそや」

「うそやないよ」

「うそやって」

「うそやないもん。だってその頃うちは味噌屋でな。むかし小学校の国語の時間に『センセ、この松尾芭蕉ってひと、うちの味噌舐めたことあるらしいです』って言うたら、『あー、そんなこともあったかもしれへんな』って言うてたもん」

「うーむ。信じられんけど、あったんかもしれんな」

「きっと芭蕉はんも旅疲れか何かで、塩っ気が欲しかったんやろ」

未希はずっと調査に従いてきた。二時間ほども一緒に歩いていると、俊介のなかに別れを切り出しかねる感情がめばえてきた。

「さて、帰るかな」

俊介は自分に言い聞かせるように言った。

「俊さんはあとどのくらいこっちにおるん？」

「二週間くらいかな。それよりも叔母さんちってどこ？」

「まだちょっと先」

「ちょっと先って？」

「だから先やってば」

「待っちょんのやろ」

「気にせんでええの、俊さんは」

未希が急に不機嫌になった。その理由に思い当たるほど、俊介に人生経験はない。

「ねぇ、こんど俊さんがお休みの日に八幡山のロープウェイに乗らん？　うちが案内したるわ」

「おーっ、ロープウェイか」

　もう登ったし、休みの予定もなかった。けれども俊介は、

「そらええな。ちょうど登ってみたかったんよ」

と言った。言ってしまってから、自分が少し嫌いになった。

「ほなら休みはいつ？　あした？　あさって？」

「アパートに戻って確認するわ」

　連絡先を交換すると、

「あ、忘れるとこやった。はいどうぞ」

と未希はずっと持ち歩いていた風呂敷を差しだした。

「近江野菜のお漬物と、小アユの佃煮。アユは琵琶湖で獲れたもんよ。どっちも日持ちするけど、美味しいから早よ食べやんせ」

「ありがとう。今晩みんなで食べやんす」

「ほな、ロープウェイ約束よ」

「うん」

「連絡して」

「する」

「うち、やっぱり駅まで送るわ」

「叔母さんが待っちょんのやろ」

「ううん。叔母ちゃんはこの時間、いつも留守やの」

駅につくと未希は「どうせなら中まで送るわ」と入場券を買ってホームまで付いてきた。

「あしたもこっちに来るんやろ？」

「うん。朝から町の西側の調査や」

やがて電車が滑り込んでくると、未希は、

「うち、俊さんのこと好きになりそうな気がするわぁ」

と言った。さも世間話のような口調で言うので、俊介はあやうく聞き逃しそうになった。

「ほな、またね」

未希が手を振った。

「うん、また……」

俊介はキツネに抓(つま)まれたような気持ちで手を振り返した。

翌朝、近江八幡駅で降りると、未希が寒さに足踏みしながら改札口で待っていた。

「あっ、俊さん！」

パッと顔を輝かせ、こちらへ駆け寄ってくる。

「待っちょってくれたん?」

うん、と未希が白い息を弾ませる。

「はい、これ。お弁当つくってきたんよ。荷物になっちゃうかな」

「そんなことないよ。ありがとう」

俊介は受け取った包みをナップザックにしまいながら、背すじが痺れるほどの感激を覚えていた。

「俺も昨日の風呂敷を返そうっち思っちょったんやけど、忘れてもた」

「そんなん、いつでもええよ」

と未希が笑った。「それよりかな。うち、あさってから叔母ちゃんの付き添いで、金沢に泊まりがけで行くことになったんよ」

「金沢?」

「うん、着物の買い付け。まあ、ていのいい荷物持ちや。そこで相談なんやけど、あしたの夕方の四時にロープウェイ乗らん? うちが金沢へ行く前に乗っといたほうがええ気がすんねん。仕事、終わらん?」

「終わる」

俊介は即答した。終わらせてみせる。「で、四時にどこに行けばいい?」

「八幡山のふもとに日牟禮八幡て神社があるから、そこに来て」

「わかった」

「絶対よ」

「うん」

約束をとりつけると、未希は「ほな、旅の支度があるから」と帰っていった。

俊介は束の間の別れにも切なさを感じた自分に驚いた。そして次の瞬間には、そんな自分を受け入れていた。

昼、公園で未希がつくってきてくれた弁当を広げた。いんげんの胡麻和え、牛肉とゴボウのしぐれ煮、白身魚の味噌焼き。味つけは花奈より薄かったが、さすがに麹屋の娘だけあって、どれも旨かった。

「うち、俊さんのこと好きになりそうな気がするわぁ」

きのう別れ際に掛けてもらった言葉を思い出しながら、俊介は最後の一粒まで綺麗に平らげた。

夕方、調査を終えて近江八幡駅についた。もしや、と思い構内を見回した。未希が見送りにきてくれているかもしれない。

むろん、未希の姿はなかった。

——やろうな。準備があるっち言いよったもんな。

それでもすぐには諦めきれなかった。結局、俊介は電車を二本ほどやり過ごしてから帰途についた。

翌朝、目を覚ますと、からだじゅうの細胞が歓喜の歌を歌っていた。夕方、未希に逢える。ぱっちりと眼をあけ、それまでにすべきことを確認した。シジミを獲りにいくこと。それで味噌汁をつくること。町の西側の百五十軒を調査すること。

俊介は布団から跳ね起きると、一瞬で着替えを済ませ、スコップとバケツを持って琵琶湖へ走った。

浅瀬を掘ると、シジミがざくざく出てきた。

この世界はなんて素晴らしいんだろう。

シジミを湖水で洗うと、手が麻痺するほど冷たかったが、ちっとも苦痛じゃなかった。今日も未希に逢えると思うだけで、腹の底から力が湧いてくる。

たった二日で惹かれ合いつつあることが、奇跡のように思えた。二人はすでに二人で一つのようだ。息を吸い、吐くことにすら、未希に対して務めを果たしているように感じられて嬉しい。

アパートに戻り、人数分のシジミの味噌汁をつくると、

「お先に失礼します!」

と画板を抱えて飛び出した。

電車で近江八幡へ向かうあいだ、車窓から外を眺めた。森羅万象が自分たちを祝福してくれているように感じる。俊介は近江という国が好きになった。未希を生み育ててくれた山河にありがとうと言いたい。

近江八幡の駅につくと、チェック柄のコートを着た未希が、白い息をはあはあ手に吹きかけながら待っていた。

「あっ、俊さん」

この世でもっとも美しいと思える笑顔が、こちらへ駆け寄ってきた。

「来てくれたん？」

俊介は白い歯をこぼした。

「うん。俊さんがお腹空かせちゃいけんと思ってね。はい、これ」

未希が包みを差し出した。

「ごめんね。今日はおにぎりと、ちょっとしたおかずしか作れんかったんよ」

「充分だよ。忙しいのにありがとう」

「ほんなら、うち用事があるから行くね。四時に日牟禮八幡で」

「うん。日牟禮八幡で」

またも束の間の別れに切なさをおぼえた。俊介はその切なさをエネルギーに変え、ずんずんと午前中の調査を進めた。

未希の握り飯を食べたあとの、午後の調査も快調だった。十五時半にはすべてのノルマを終え、八幡山のふもとをめざして歩き始めた。ふしぎなほど一日の疲れを感じない。

「俊さん、なにむつかしい顔してはるの」

「あれっ？」

気がつくと、八幡山のふもとに着いていた。

「ひどいわぁ。うちを見過ごすなんて」

「ごめんごめん。あれっ」

「気づいた？」

未希は薄紫色のワンピースに着替えていた。すみれの花をあしらったものだ。

「美容院に行ったから、髪型にあわせて変えてきたんよ。どう？　お好み？」

「……うん」

「なんや、頼りないなぁ」

未希が上目づかいで睨んでくる。「気に入ったの？　入らんの？」

「気に入った」

「よし。ほな乗ろか」

ロープウェイは十人乗りだった。冬の平日の夕方なので、ほかに乗客の姿はない。

定刻がくると係の男性が乗り込み、「発車しまーす」とドアを閉めた。標高三百メートル足らずの山だから数分で山頂につく。

「このロープウェイは一昨年(おととし)できたんよ」

「ふーん」

「ところで俊さん、うちが幾つか知っとったっけ？」

「知らんな」

「二十歳(はたち)よ。もうすぐ誕生日やけど」

「俺の一つ下か」

「いまはお父さんのお店を手伝いながら、あれこれお習い事をしてんねんけど、叔母ちゃんが次から次とお見合いの話を持ってくんねん」

「へっ⁉　お見合い？」

「うん。今年だけで三つ。来年も、もう一つ予定が入っとる。うちはお見合いなんて嫌やし、お父さんも『まだええやろ』って言うねんけど、叔母ちゃんがしつこくてな。『わたしの目が黒いうちに未希ちゃんを片付けんことには、死んでも死に切れん』って。人の縁談を生き甲斐にするのはやめて欲しいわ、ほんま」

「お見合いしたこと、あるんや……」

俊介はなるべく表情に出さずつぶやいたが、心中穏やかでなかった。ほかの男が未希をじろじろ品定めしていると思うだけで腹が立つ。

「この前なんかお見合いの途中で可笑しくなって笑いだしたら、あとで叔母ちゃんに大目玉食ったわ。ああいう場って窮屈やねん。でね、さっきお昼を頂きながら思たんよ。俊さんがわたしを貰ってくれたらええんちゃう？　って。うちは末っ子やから、お父さんも手離れええと思うし」

そのときロープウェイがガタンと揺れ、山頂についた。ドア係は名残惜しそうにドアを開けた。その目は言っていた。「あんた、どない返事するん？」と。

「さすがに山頂（うえ）は寒（さぶ）いな」

未希は襟元を閉め、俊介の手を取った。「ほな、行きましょか」

一周三十分ほどの散策コースがあった。二人は肩を寄せ合い、細い道を歩き始めた。日は傾き、辺りは薄暗くなっている。

「でな、すぐでなくてもええんよ」

「なにが？」

「だからさっきの話。あのおっちゃんが聞き耳立ててたから、俊さんも答えにくかったやろ。うちは叔母ちゃんに『将来を約束した人がいます』と言えたらええの。そしたら叔母ちゃんもあきらめるやろし。俊さんてどこの人やっけ？」

「別府」

「別府いうたらたしか——」

「大分県。温泉が有名で、そこらじゅうから湯が湧いちょる。子どもが砂遊びしよったら湯が出てヤケドするほどなんよ」

「うそや」

「うそやない」

「ほんま？　そらええなぁ。毎日温泉に入ったら、すいっとするやろし」

すいっとする？　なんだそれは？

「うち、別府に住んでもええよ」

俊介は未希を連れて別府へ帰る姿を想像してみた。無口な葉造は「よくぞいらっしゃいました」くらいしか言わないだろう。花奈はもう一人女の子がほしかったと言うくらいだから、未希を歓待するにちがいない。未希の弾けるような明るさを気に入り、すぐに本当の母娘のように打ち解けるのではないか。その姿を想像するだけで自然と口元がゆるんだ。

二人は折り返し地点についた。ロープウェイからもっとも離れた場所だ。眼下には田園がひろがり、その向こうには琵琶湖が見える。人影は、ない。

「温といなぁ、俊さんの手ぇは」

もぞもぞ動く未希の小さな手を、俊介はぐっと捕らえた。それに応えるように、寒い、と未希が体を寄せてきた。俊介はその肩を抱いた。胸の鼓動が聞こえてきそうだった。どちらのものかわからないが。

俊介は唾を飲みこみ、

「あのな」

と言った。未希があごを上げて、潤んだ瞳を向けてくる。

「その、いろいろ確認しなきゃいけんこともあるけん、ちょっとだけ待ってくれんか」

未希の目からスーッと光が失せていった。

「あ、だからつまり――」

「わかりました」

ぴしゃりと言って、未希は体を離した。

「いや、だから、その」

俊介はおのれの失策に気づいたが、どう言っていいかわからず、もっとも直接的な言葉を択んだ。

「君のことが、好きや」

「ふーん」

未希はニヤニヤして、俊介の瞳の奥をのぞきこんだ。「どのくらい？」

「えっ？」

「だから、どのくらいわたしのことが好きなん？」

「つまりその……琵琶湖くらいや！」

「そら、大っきいなぁ」

未希はくすくす笑い、「さて、そろそろ戻りましょか。ロープウェイ出るで」と言った。

乗り場では先ほどの係が待っていた。

下りの最終便が発車すると、未希は外を眺めながらつぶやいた。

「おじくそやなぁ」

すると係の男性が、プッと噴きだした。

おじくそ？　なんだそれは？

駅で別れるとき、未希は寂しそうな顔をした。

「ほな、うちは明日から金沢に行ってくるな」

「どのくらい行くん？」

「たぶん三日か四日……。俊さんはまだこっちにおるんやろ？」

「おる」

「待っててな」

「ああ、待っちょるよ」

その晩、俊介はなかなか寝つけなかった。山頂で、もっとほかに振る舞いようがあったのではないか。未希のがっかりした目を思い返すたび、胸をかき毟（むし）りたくなる。

翌朝、近江八幡駅に未希の姿はなかった。

翌日もなかった。

その次もなかった。

夜、俊介は夕食と清書を終えてから、メンバーに「ちょっと散歩してきます」と告げて、琵琶湖のほとりに向かった。

限界だった。

胸が苦しい。

未希に逢いたい。

俊介は暗い湖面を見つめた。未希と出会ってからの自分は、自分じゃないみたいだった。

「俊さんのこと好きになりそうな気がするわぁ」

と言われたときから、自分が一回り大きくなったように感じた。世界が素晴らしいものに見えてきたし、仕事にも張り合いが出てきた。ところが今はどうだろう。こうして三日逢えないだけで、気がおかしくなりそうだ。

俊介は高校生のとき好きだった陸上部の田部井香織のことを思い出した。あのときは気持ちを告げられずに終わった。しかし今はちがう。二人は惹かれ合っているのだ。そんな相手に巡り合うことは、そうそうあるまい。どうにかしなくては――。

そう思ったとき、「俊さん」と後ろでするはずのない声がした。

ふり返ると、湖の水灯りが未希の姿を照らし出していた。

「来ちゃった」

「ど、どうして？」

「アパートで訊いたら、たぶんここやろうって。叔母ちゃんにダマされたわ」

「どういうこと？」

「行ったら、お見合いがセッティングされとってな。『帰ります』って書き置きして一人で帰ってきたんよ」

未希の頬は燃え、瞳は青白く光っていた。俊介は歩み寄って抱きしめた。香りがした。初めて逢ったとき、未希の首元から漂ってきた甘い香りだ。思えばあの瞬間から、こうなることは決まっていたような気がする。

ん、と未希があえいだ。ごめん、と俊介は腕の力をぬいた。

二人は見つめ合い、唇をかさねた。唇をはなし、もう一度かさねた。

それから手をとりあい、湖岸を歩いた。月は清か（さや）で、波音は耳を洗った。この上なく饒舌な沈黙が、二人の心を満たした。

いつまでもこうして歩いていたかったが、やがて俊介にも男の義務（つとめ）を果たさねばならぬ時がきた。

「遅いけん、そろそろ帰ろう」

と告げると、未希は「いやや」と目を潤ませた。

「じゃあ、もうちょっとだけだよ」

二人はそっと口づけを交わした。そのたびに未希への愛しさが強まり、皮膚をつき破りそうになる。

そのあと彦根駅まで送っていくと、街灯りが二人を俗世へと連れ戻した。

「あー、今日はすることとして、すいっとしたわぁ」

と未希が伸びをした。まただ。俊介は訊ねた。

「それ、この前も言いよったけど、すいっとしたってどういう意味？」

「えっ、知らんの？」

「知らん」

「ほら、昼寝から起きて『あー、すいっとしたぁ』って言うやろ？」

「言わんよ」

「やからつまり、気分がすっきりしたってことよ」

「あー……」

俊介は夜空を仰いだ。つまり未希は八幡山の山頂にいたときから、すいっとしていなかったことになる。

「ついでに訊くけど、おじくそってなに？　帰りのロープウェイの中で言ってたやろ」

未希はふふと笑った。「俊さんは知らんでええの」

「気になる。教えてよ」

「ほら、電車きたよ。送ってくれてありがと。あしたはお弁当持って駅で待ってます」

未希は電車に乗り込むと、手を振った。

俊介は見えなくなるまで見送ったあと、とぼとぼ歩いて改札へ向かった。そこに駅員がいたので、彼に訊ねた。

「すみません、おじくそってどういう意味ですか？」

「おじくそ？　ああ、おじくそね。小心者って意味です。『あの男、おじくそやなぁ』みたいに使います」

俊介は苦笑いした。すると駅員は何事か察したのか、憐れむような目つきで微笑み返してきた。


二人は逢瀬をかさねた。調査が終わりに近づいたある日、

「俊さん、うちのお父さんに会っていく？」

と未希が言った。俊介はびくっとして、

「会う……けど、なんて言えばいい？」

「えらい頼りないな」

「ごめん」

「うちがうまく言うから、俊さんはお行儀よくしていれば大丈夫よ」

別府へ帰る前日、未希と駅で待ち合わせて〈麹屋〉へ向かった。

「こんな恰好でよかったんかな」

俊介は普段着のことが気になった。調査にはこれしか持ってきていない。

「かまへん、かまへん。うちのお父さんは人物重視やから」

それはそれで怖い気がする。店に着くと、未希が奥へ声をかけた。

「お父さん、俊介さんが来(ごん)したよ〜」

「はいはい、ただいま」

目尻の下がった、小体な人物が出てきた。

「この人が俊さん」

「はじめまして。合志俊介と申します」

「これはどうも。川上義八(ぎはち)です」

義八は商家の主(あるじ)らしく、年季の入った美しいお辞儀をした。

「でね、お父さん。うち、将来この人と一緒になりたいんよ」

「ほう。将来っちうたら、いつのことや」

「年が明けて、五月くらいはどうかしら」

「えらい急やな。聞いとらんがな」

俺も聞いとらん、と俊介は思った。

「せやかて、わたしらもう誓い合ってるし」

「誓い合ってるって、お、おい――」

「安心して。手ぇ握っただけやから」

「ほうか」

義八は目に安堵を浮かべ、「ま、上がってください」と奥の執務室のような和室へ俊介を通した。

「そいでお宅は何をしてはる人ですか」

義八は目尻を一段と下げて、やさしく訊ねてきた。だが気を抜いてはなるまい。これは〝調査〟だ。

「わたしは別府のキョーリンという地図会社の者です」

「別府いうたら、九州の？」

「はい」

「なんで九州の地図会社の人が、近江八幡におるんで？」

俊介は一から説明した。

日本の全建物と、全氏名が入った住宅地図を完成させるのが会社の使命ということ。

そのために調査員が一軒ずつ表札を書き留めていること。

そうして出来あがった地図の改訂(メンテナンス)は永遠に続くこと。

「はあ〜、そらまた骨の折れる話ですな」

義八は目を丸くした。「でもあんたんとこの社長さん、近江商人と一脈通じるところがありますな」

「と、言いますと？」俊介は首を傾げた。

「近江商人の商売哲学を一言でいえば、三方よしや。売り手よし、買い手よし、世間よし。自分とこだけ儲かればええっちゅう商売は下の下です。その点、住宅地図というのは目のつけどころがええ。まさしく三方よしや。ところでお宅の会社は同族経営でっしゃろ。親族間に不和があるんと違いますか」

「ありません」

「経営者一族のなかに、牢屋に入ったことがある人、水商売をしてはる人は？」

「おりません」

「社長は酒好きですか」

「酔うほどには飲みません」

「女(こっち)のほうは？」

義八が小指を立てた。未希がくすりと笑う。

「聞いたことありませんね」

「なら、家普請が趣味でしょう。豪邸に住んではるとか」

「漬物売りをしていた頃の家にまだ住んでいます」

「着道楽は？」

「上は洋服、下は下駄。年中似たような恰好です」

「ふむ。それでは社員について伺いましょう。あなた方は旅先で博打をしますやろ」

「しません。茶碗で焼酎を呑んでバタンキューです」

「会社を辞めはる人は？」

「ほとんどおりません。増える一方です」

「あなた様は？」

「歩けなくなるまで勤めるつもりです。父も同じ会社で、同じ仕事をしております」

ほう、と義八があごに手をあてた。俊介は内心で舌を巻いていた。さすがは音に聞く近江商人の信用調査だ。

「ここらの子は、物心つくと高田善右衛門（たかだぜんえもん）という近江商人の逸話を聴いて育ちます。昼に一両多く貰ったことに気づいた善右衛門が、深夜にわざわざ返しに行くというお話です。商売の基本は、お客さまの繁栄を願うこと。わが身の基本は節約（しまつ）。わたしもこうして主づらをしておりますが、自分の財産なんて何一つありはしないのです。ご先祖さまを敬い、家業を守るために、三十年ほど店を預かっているに過ぎません。わかりますか」

「わかります」

俊介は即座に答えた。じつによくわかる。

「そうですか。いや、ご無礼な質問の数々、どうぞお許しください」

義八が畳に額を押しつけた。そしておもてをあげると、

「あなた様も、あなた様の会社も、たいへん実（じつ）があるとお見受けしました。未希をお預けしたく思います」

「わあ！　お父さん、ありがとう！」

未希が飛び上がらんばかりに喜んだ。

「とゆうても、来年の五月というのはいかにも性急やな」

「あれは言ってみただけ。べつに先になってもええの。そうと決まれば、うちもしておきたいことがあるし」

「そうか。ほな、ぼちぼち進めましょか」

今後は書信で密にやり取りすることを約束し、俊介は〈麴屋〉を辞した。

その晩は彦根のアパートで打ち上げとなった。倹約してきたおかげで、盛大に執り行うことができた。飲めども尽きぬ酒に気を良くしたメンバーから、

「今までで一番やりやすいリーダーやったぞ」

と言われて嬉しかった。

みんなのためにシジミを獲ってきた甲斐があったと思った。

別府に帰ると、一平から便りが届いていた。

「元気か。俺は正月そちらへ帰らんぞ。親父が『横浜の保土ヶ谷の地図を仕上げるまでは帰って来るな』と言うもんでな。夏も帰れんかったし、お前が東京まで遊びに来んか？　日程がわかれば湯太郎も呼んでおく」

俊介はカレンダーを見た。十二月二十九日の夜に発ち、一月一日の夜に別府へ戻ってくる旅程なら行けそうだ。

年末の夜、俊介はボストンバッグを手に夜行列車に乗った。

東京は遠かった。そこから八王子へも、また遠かった。目を覚ましている時間の大半は、未希のことを想って過ごした。

八王子駅に着いたのは夕方だった。親子ほども背丈のちがう二人が、夕陽を背に待っていた。

「おっ、来たか」

一平が大きな口を開けて、白い歯を見せた。はだしに下駄ばきというバンカラスタイルは、冬の東京でも継続中らしい。鷹揚で大陸的な相貌は、ますます父親に似てきた。

ちっちゃい方の学生は、伸び放題の髪に、青白い顔。ますます年齢不詳である。

「それ、長髪なん?」と俊介は訊ねた。

「う―ん、長髪っちゅう訳やないけど」と湯太郎は自分の髪を摑んだ。「面倒で放し飼いにしちょったら、こうなったんよ」

湯太郎のことだから、床屋に行く時間も惜しんで、司法試験の勉強に打ち込んでいるのだろう。その様子が目に浮かぶようだった。

「さ、話はあとや。呑みに行こう」

一平がポケットに手を突っ込んで歩きだした。八王子は俊介が想像していたよりもずっと田舎だった。駅前の繁華街にも、のどかな風が吹いている。

「これは、浅川の方から吹いてくる風なんよ」

と一平が言った。

「一キロほど北にある川でな。そこを渡ると丘陵地帯がはじまる。丘を切り拓いた中腹にはいくつか大学があって、開発中のゴルフコースもある。うんと北へ辿れば、東京の秘境とも言われる奥多摩に行きつく」

いかにも調査経験者らしい、簡潔な説明だ。

「ところで、東京支社長」

俊介が永伍の声真似をして言った。

「八王子の調査にはどれくらい掛かるかね？」

「はっ、五人で一ヶ月もあれば充分かと」と一平ものる。

「もうちっとう短縮できんね」

「日の高い夏場でしたら、二十五日ほどで」

「それじゃ二十三日で組んでみぃ」

一平がぷはーっと吹き出した。

「お前、そんなん言われたら敵わんっちゃ。いまでさえ学校に行けんに。さ、着いたぞ。この店や」

店内は年末の賑わいだった。若者もいれば、作業服の肉体労働者もいる。壁にはメニューの黄色いビラが一面に貼られており、どれも驚くほど安かった。

「お前ら、ホッピーでいいか」

二人が頷くと、一平は大声で注文した。

「すいませーん。ホッピー三つにモツ煮込み、あと漬物に、めざし」

飲み物が届くと、一平は「こうやって五対一の割合で混ぜるんで」とホッピーの作り方を実演してみせた。二人もそれに倣った。

「それでは、クスノキ会の再会を祝しまして」と一平がグラスを掲げた。

「なんな、クスノキ会って？」と俊介が言った。

「ばか。秘密結社の名を、公衆の面前で言う奴がおるか」

三人はくすくす笑いながら乾杯した。

「それにしても、一平は学校に行けんほど忙しいんか？」と俊介は訊ねた。

「忙しい！」

一平が大きな音を立ててジョッキを置いた。

「あのクソ親父は俺を将棋のコマか何かと思っちょる。『次はあそこの地図をつくれ、次はあそこや』っち言いたい放題よ。そのクセたいした報酬も寄こさんから、いつもカツカツで。その点、俊介はええの。自分の稼いだ金で、自分が好きなときに酒を呑めるんやから。羨ましい限りよ」

「それほどの小遣いはないが、ここの支払いくらいは任しちょけ」

「そういう意味で言ったんやない」

一平は残りのホッピーを一気に呑み干し、「おーい、ナカお替り」と手でメガホンをつくって叫んだ。

「ナカってなんなん？」

「焼酎のこと。ホッピーの原液がなくなったときは、ソトだけお替りする」

「ふぅん」

「なんや湯太郎、呑まんのか。全然減っちょらんぞ」

「僕はどうも酒は苦手や」

「なら寄こせ」

一平は湯太郎のソトとナカをかっさらった。

「僕も、自活してる俊介は偉いと思うわ」

湯太郎がどこか思い詰めた様子で言った。「せっかく大学へ行かせてもらったに、遊んでばかりおる学生も多い。ああいうのを見よんと、心底もったいないと思うわ」

「それよりもお前、誰かおらんの」と一平が言った。

「誰かってなに？」と俊介は訊ねた。

「女に決まっとろう」

「うん……」

「えっ、おるん⁉」

一平が大きな体をのけぞらせた。

「じつは先日、琵琶湖である人に出会って……ちうかな」

「はっきり言え！」

「つまり、将来を約束したんよ」

「一緒になるってことか？」

「うん」

「どんな女なん？」

「どんなって、名前は川上未希。近江八幡の麴屋の末娘で、俺たちの一つ下や」

「美人か？」

「まあ……」

「こいつ、赤くなったぞ」

「これは酒のせいや」

言いながら俊介は、ますます顔が熱くなるのを意識した。

「で、どげんするつもりなん。その琵琶湖の女とは」

「やけん結婚するつもりや。むこうの親父さんにも会ってきた」

「お前にしては手筈がいいな」

「そうとも言えんよ。急かされた感が、無きにしも非ずや」

「なんや、もう尻に敷かれちょんのか」

一平は安心したように相好を崩し、「で、お前は女を知っちょんのか？」とニヤついた。

「女？　未希のこと？　知っちょんも何も、いま話したやんか」

「違う違う。つまりあれよ、女と寝ることよ」

「あー……。一平は知っちょん？」

「じつは先輩に連れられて、な。先日済ませてきた」

「どげえな？」

「どげえっち？」

「やけん、その――」

「ああ……思ってたんとは違ったかな。やけどお前も妻を娶るなら、予行演習しちょいた方がいいぞ。先輩に連れて行ってもらったところがこの先にあるけん、あとで行くか？」

「行かん」

「いざっちうとき戸惑うと、あとあとまで妻に見くびられるぞ」

「断固、ノー・サンキューや」

「やってさ、ミスター湯太郎」

一平がおどけて言うと、湯太郎はハハッと冷たく笑った。湯太郎はいわゆる下ネタが好きではない。

夜十時まで店でねばった。支払いは俊介がもった。

「おい、帰るぞ。お前の下宿はどっちよ」

ひじをついてうたた寝している一平に訊ねると、「うー、あっち」という答えが返ってきた。店を出て、川原の土手づたいに歩くと、年の瀬の寒風が容赦なく吹きつけてきた。しかし火照った頬にはかえって気持ちいいくらいだった。やがてアパートが見えてきて、三人はぎしぎし鳴る廊下を踏みしめて四畳半にたどりついた。

「適当に寝ちょくれ」

一平はそう言うと、まっさきに横になって鼾（いびき）をかき始めた。

やれやれ、と二人は顔を見合わせた。

「湯太郎はここに来たことあるん？」

「一度だけ。そんときも一平はこんな感じやった」

「しょうがない奴やな」

ちゃぶ台をはさんで腰をおろすと、本棚が目に入った。『マルクス経済学講義』『宮沢賢治詩集』『サルトルの哲学』『伊能忠敬の生涯』といった本が雑然と並んでいる。『ヘルマン・ヘッセ全集』は一揃いある。

「お前、普段のメシはどげえしよん？」と俊介は訊ねた。

「僕の下宿は賄いつきやけん」

「そうやったな。勉強は順調か」

「うん……どうやろ」

湯太郎が黙りこんだ。店にいたときから、口数が少ないことが気になっている。

「想像もつかんが、大変なんやろうな。司法試験っちゅうやつは」

「法律は悪文やけんな。いっそのこと、英語にしてほしいと思うことがあるわ。でも、やるしかない」

きっぱりした口調の中に、湯太郎の覚悟がしのばれた。十四歳から永伍の掛かりで生きてきた湯太郎にとって、司法試験に合格することは、いまできる唯一の恩返しの方法なのだろう。

「そういえばこの前、別府の駅前で葉山紀見子を見かけたぞ。ほら、お前が中学で好きやった。着物を着ちょったわ」

「ふぅん」

「どうでんいいんか、もう」

「うん」

俊介はそんなことを話題にあげた自分が恥ずかしかった。

「それにしても、俊介も結婚とは大変やな。なんか急に大人に見えてきたわ」

「なんてことないわ。みんなしよることやもん」

「そっかな」

「そうや。さて、そろそろ俺たちも寝るか」

「うん」

俊介は灯りを消して身を横たえた。四畳半の半分は一平が占領していたので、湯太郎がちっちゃくて助かった。暗がりで、ふと湯太郎のことを心配に思った。今日はこちらとほとんど目を合わせようとしなかった。勉強のし過ぎで、ノイローゼになってしまったのではないだろうか。

　翌日は大晦日だった。

　朝起きると湯太郎の姿はなく、「始発で帰ります」とメモが残されていた。

　俊介は共同洗面所へ行き、顔を洗った。軽い頭痛はするが、二日酔いとまではいかない。部屋に戻ると、一平がうーんと重たいまぶたを開いた。「あれ、湯太郎は？」

「帰った」

「そうか」一平は起き上がって窓をあけた。

「あいつ、元気なかったな」

「こんところ、ずっとああなんよ。親父から『ときどき息抜きさせてやれ』っち言われちょんけど、遊びに連れ出してもこうやってすぐ帰るに」

　無理もない。湯太郎は一秒も無駄にしたくないのだろう。

「司法試験は十年選手もいるっち聞いたけど、もし湯太郎が在学中に受からんかったらどうするん？」

「そんときはキョーリンの総務で働いてもらう。昼には業務を終えて、午後は思うぞんぶん勉強や」

「なるほど。その手があったか」

「まあ湯太郎なら、そげえに時間はかからんやろ。話は変わるけど、近く東京に本格的に支社を出すことになったぞ」

「えっ」

俊介の血がざわめき始めた。「いよいよ親方は東京を攻めるんか」

「いや、まだや。八王子や多摩地区はともかく、都心は何百も会社が入った高層ビルが犇めいちょるけんな。調査が終わって地図ができるころには、改訂調査が必要や。二十三区は年に一度、改訂することになるぞ」

「年に一度？」

それでは調査員が三百六十五日、どこかを調査せねばならない。まるで回し車のおもちゃの中を走り続けるネズミのように、東京は足を止めることを許してくれないのか。

「俺は時間ができると新宿や丸の内を歩きよんけど、まったくもって途方に暮れるぞ。初版も改訂版も、毎日百人くらい調査員が必要になるやろう。つまりバイトがメインになる。俺もいまバイトを使って地図を作りよるが、人を使うんは難しい。同じ人間は同じような場所で表札を見落とす。手を抜く奴もおる。『ここにでっかい犬がおったやろう』っちカマをかけると、『えーっと。あ、いましたっけね』なんか言う。ありえんやろ」

俊介はうなずいた。調査員が天敵の存在を忘れることはありえない。

「そこは、抜き打ちチェックの方法を確立するしかないの」

と俊介は言った。他人事（ひとごと）ではなかった。永伍に「東京を攻めるときの先鋒はお前だ」と言われているのだ。

「やけど、東京攻略のいちばんの問題はやっぱりカネよ。地図づくりだけやない。販売が軌道に乗るまでには何年も掛かるやろ。そのあいだも改訂調査でカネは飛んでいく。おそらく億単位のカネが必要になるから、見切り発車したら即倒産や。やけど、ここだけの話、西九州銀行がメインバンクについてくれることになったらしいんよ」

「なにっ、本当か⁉」

メインバンクを持つことが永伍の当面の悲願であることは、俊介も知っていた。

「あそこが後ろ盾についてくれたら心強い。資金繰りがぐっと楽になるぞ。そしたら会社を小倉へ移すそうや。やっぱり九州の出入口は小倉(あそこ)やけんな。東京二十三区の住宅地図が軌道に乗ったら一部上場も夢やないぞ」

一部上場……。永伍が戦後復員のあと、漬物を刻んでいたことを思えば、途方もない栄達のように感じられた。

「やっぱり親方は、信長の生まれ変わりやな」

俊介がつぶやくように言うと、

「いや、そんなことはない」

と一平は語気鋭く否定した。

「親父はエコ贔屓が強いし、情実人事も横行しちょる。給料も親父の匙加減ひとつや。あれじゃ下の者がやる気をなくす。一言でいえば、公私混同が多すぎるんよ」

俊介はわが耳を疑った。

一平が父をそんなふうに見ていたなんて、露ほども知らなかった。

「やけどキョーリンは親方の会社なんやし、親方が好きに決めるのは当たり前やないん？」

「当たり前やない。そげなことしよったら、キョーリンはいつまで経っても田舎の地図屋さんよ。俺はもっと近代的な経営を目指すべきやと思っちょる。やけん俺が二代目を継いでも、子どもには跡を継がさん。キョーリンは生え抜きの人間にあとを任せる。それが株式会社っちゅうもんよ」

「ふーむ、そういうもんかのう……」

俊介は目を洗われる思いで、幼馴染の顔を見た。発想といい、目線といい、どこか違う世界へ一平は行ってしまったようだ。

「まあ、いま言ったことは内緒やけん。胸の中にしまっちょいてくれ」

「わかっちょん」と俊介はうなずいた。

昼過ぎ、一平が押入れから秘蔵の一升瓶を取り出した。いまから呑みだし、そのまま年越しを迎えようという魂胆だ。

夜になると、階下の大家さんから声が掛かった。年越しそばを振る舞ってくれるという。

俊介もお相伴にあずかった。

「お、紅白歌合戦か」

すっかり出来上がった一平は、大家の老人と共に村田英雄の「皆の衆」を気持ち良さそうに唱和した。やがて舟木一夫が登場し、「右衛門七討入り」を歌った。一平は「なんな、『高校三年生』やないんか。あの歌が好きやのに」と、自分で手拍子を打ちながら「高校三年生」を歌い出した。

「♪ぼくら　離れ離れになろうとも　クラス仲間はいつまでも」

という箇所では、俊介も胸が熱くなった。気がつけば三番のサビを大声で一緒に歌いあげていた。ゆく年、来る年。クラス仲間はいつまでも。俊介は一平や湯太郎と一緒にいるときの子どもっぽい自分が、嫌いではなかった。

翌朝、俊介は帰途についた。列車の中にも、元日の清新な空気が溢れている。

電車が滋賀県の米原(まいばら)あたりを通過するときは、よほど途中下車して未希に逢いに行こうかと思った。しかしその勇気は出なかった。近江八幡の近くを通過するとき、「未希、いまそばにおるよ」と心の中で呼びかけるにとどめた。

別府に帰ると、葉造と花奈の前に正座して新年の挨拶を交わした。

「明けましておめでとうございます」

「はい、おめでとうございます。お手紙が届いていますよ」

未希からだった。俊介はすぐさま別室へ下がって開封した。

俊さん、いかがお過ごし？
うちがいつも俊さんの手を見てたこと、気づいてましたか？
俊さんのごつごつした男らしい手が好きです。
初めて見たときからずっと好きです。
だってここらへんの商家の男の人の手は、白くて女の手みたいなんやもん。
それから俊さんが巻いてるロンジンの腕時計も好きです。
よく似合ってますよ。
俊さんに逢いたいな。
雨の日は家の中で、ずっと俊さんのことを想って、切なくなります。

その晩、別府にも雨が降った。
俊介は夜通し、未希のことを想って過ごした。

# 三章　前哨戦　1972年、春

名古屋はキョーリンにとって初の二百万人都市だった。成り立ちといい、規模といい、東京の前哨戦にうってつけだ。
オフィスビルがあり、郊外の住宅地があり、工業地帯がある。

四人の調査リーダーが選抜された。いずれも来たるべき東京攻略で中核を担うメンバーだ。もちろん俊介も選ばれた。まだ二十八歳ではあったが、調査員歴十年はベテランの域といえた。

この十年で、キョーリンにはさまざまな変化があった。

まず、本社が小倉へ移った。俊介は生まれ育った別府を去ることに寂しさを覚えたが、あと三年もすれば小倉に新幹線が開通するのだからやはり便利だ。

次が白地図の変更である。それまでは森林基本図などをもとに、調査員が目測や歩測で、だいたいの位置関係を示していた。

「誰の家がどこらへんにあり、その隣には誰が住んでいるか」

それさえわかれば、出前や配達には充分だった。しかし電線や電話線は引けない。

そこで航空測量写真を引き伸ばしたものを白地図に使うようになった。地図の精度はぐんと上がった。これでキョーリンの住宅地図は「見取り図」を卒業して本当の意味での「地図」に昇格した。正確な距離や縮尺がわかれば都市開発の基礎資料になるから、官公庁の需要がのぞめる。

「名古屋全十四区を、一年で完成させよ」

これが会社から下った指令だった。リミットを一年としたのは、もちろん東京の改訂版を視野に入れてのことである。

調査は順調に進んだ。しかし郊外のマンモス団地に取り掛かった途端、がくんとペースが落ちた。見渡す限り同じような建物が続き、おまけにエレベーターがない。調査員はまず、最上階の五階まで上り、表札を記しながら一階まで下りてくる。これを一日に何十回も繰り返さねばならない。調査を始めて一時間もすると太腿が悲鳴を上げた。幅跳びで鍛えた俊介すらそうなのだから、あとは推して知るべしだ。

——こりゃ、いけん。

俊介は名古屋大学の運動部員を臨時バイトで雇うことにした。掲示板に貼り出してもらうとすぐに応募があった。俊介は彼らに仕事を教えた。彼らは飲み込みが早く、タフで、礼儀正しかった。そして足腰を鍛えながらバイト代が貰える仕事を喜んだ。仲間が仲間を呼び、マンモス団地の調査は期日前に終えることができた。

——いける。彼らを効率的に使えば、名古屋は一年も掛からんのやないか。

そんな手応えを感じていたある日、俊介は担当する名古屋駅の地下街へ降りて行き、愕然とした。増床をくり返した地下街はまるで迷路のようだった。もちろん航空写真も森林基本図もないから、東西南北すらわからない。

俊介は管理局へおもむき訊ねた。

「なにか、地下街の全体像がわかる地図はありませんか」

「ないね」

用務服を着た初老の男性は、手を振って笑った。ある訳ないじゃないか、というニュアンスだ。

「全体でどれくらいの広さなんでしょう？」

「さあねぇ」と彼は首を傾げた。「七万から八万平米くらいって聞いたことがあるけど、どうかな」

「おおよその店舗数は？」

「わからん」

「全体としてどんな形をしていますか？」

「それもわからん。わたしらだって迷子になることがあるんだから。お宅が地図をつくってくれたら本当に助かるよ」

方角、広さ、店舗数、形状、いずれも不明。わかっているのは野球場が三つも四つも入る広さ（本当だろうか？）に、アリの巣のような迷宮が広がっているということだけだ。

俊介は連日、遠征メンバーと意見を出し合った。

「全体像さえわかれば、なんとかなるんやけど」

さしものベテランたちも、そこで話が止まってしまう。さりとて全体像がわからないまま調査を進めれば、途中で混乱をきたすことは目に見えていた。むかし、「ないよりはマシ」と馬鹿にしていた森林基本図の有り難さが身に染みた。今なら拝んででも手に入れたい。

ある調査員が、苦渋の表情で言った。

「一時間だけ千人の学生バイトを動員せん？　彼らに手をつながせて、数珠（じゅず）つなぎにするんよ。そしてその形をなぞって、全体像を把握するんや」

ここまでくると夢物語である。

俊介は地上調査に戻った。しかし頭の中は地下街のことで一杯だった。調査が早く終わった日は必ず名古屋駅まで行き、地下街へ降りていった。

あてどなく歩き、ときどき立ち止まっては、通路をぼんやり眺める。

――なんとかなるはずなんやけど……。

そう思うものの、具体的な解決策は一向に見えてこなかった。

そんな折り、本社から「会議に参加して名古屋の進捗について報告せよ」と通達があった。

俊介は小倉へ戻った。

家についたのは、会議前日の午後のことだった。

「ただいま」

と玄関をあけると、女の履き物がずらりと並んでいた。居間から、わいわいと声が聞こえてくる。

俊介は顔を出して、「これはどうもです」と挨拶した。

お邪魔してまーす、と女たちの声が返ってきた。

「あら、早かったですね」

未希が生徒の手前、すこし取り澄ました調子で言った。

「うん。あした会議が終わったら、またすぐ名古屋へ戻る。それでは皆さん、ごゆっくり」

俊介は一座に会釈し、そそくさと奥の部屋へ下がった。

結婚して、丸六年が経つ。子宝には恵まれていなかったが、未希はこうして生け花教室を開いたり、女同士でお呼ばれしたりと、なにかと忙しく過ごしていた。

二人は入籍するまでに一年を要した。というのも、結納を済ませたあと、未希を母親代わりに育ててきた叔母が急逝したからだ。未希の落ち込みようは尋常ではなかった。楽しみにしていた白無垢姿も「叔母ちゃんに見せられへんなら、どうでもよくなったわ」と言った。

結婚してからは別府に住んだ。俊介の実家の向かいである。思ったとおり、未希と花奈はすぐに打ち解けた。わがまま一杯に育てられたとばかり思っていた未希が、「お義母(かあ)さん、お義母さん」と花奈を立てる姿に俊介は驚いた。女はすごいと思った。

「若い人たちに、着付けを教えてあげて下さいませんか。わたしもついでに生け花を教えますから」

と花奈に提案したのも未希だった。すぐに近所の女学生や若妻をあつめてきた。花奈は若い人たちに「先生」と慕われて嬉しそうだった。目の輝きが増し、肌ツヤも良くなった。

葉造と俊介は家を空けがちだったので、女たちはヒマさえあればお互いの家を行き来した。お茶を飲んだり、郷土料理を教え合ったり。調査先の夜、同僚たちが嫁姑問題で嘆くのを聞いていた俊介にとって、花奈と未希の仲が良いことは本当に有り難かった。

小倉へ越してきてからも、両家はスープの冷めない距離に住んだ。もっともこれは別府から会社ごと引っ越してきたとき、永伍が全社員に「会社から徒歩圏に住め」と命じたからでもある。もちろん通勤時間と交通費を節約するためだ。

会議の朝、俊介は歩いて会社へ向かった。

本社の建物が見えてくると、誇らしい気持ちになった。移転当初はバラックだったが、二年前に鉄筋三階建てに建て替えた。そのとき会社は健康保険や社会保険にも加入してくれ、社員を喜ばせた。誰もが「うちの会社は大きくなっている」と実感した。

会議前、一平に別室へ呼ばれた。俊介が入っていくと、

「急に呼び戻して済まんかったな」

と一平は大きな笑みをこぼして言った。

「どうってことないっちゃ。それより、おめでたやそうやないか。やったな」

「ああ……まあな」

急に一平が笑顔をひっこめたのは、子宝に恵まれない俊介夫婦のことを慮（おもんぱか）ってのことだろう。一平の結婚式があったのは昨年のことだ。花嫁はメインバンクの西九州銀行の頭取の次女で、おかげで九州財界におけるキョーリンと天沢家の声望は高まった。

「名古屋はどげえじゃ」と一平が言った。

「順調や。地下街を除けばな」

「地下街？」

俊介が事情を説明すると、一平の表情はみるみる曇っていった。一平はいま営業統括部長の職にある。地図の完成の遅れは、販売計画を直撃する。

「それは聞くだに難儀やな」

と一平は腕を組んだ。「どげえすればいいんか？」

「もうちっとう時間をくれんか。いまみんなで知恵を出しあってるとこや。東京にもこげな地下街があるかもしれんし、どうにかしてみる」

「わかった。でもそのことは、今日の会議では伏せちょいてくれ。名古屋は万事順調。この調子なら東京も問題なし。それで頼む」

「いいけど、なしてな？」

「じつは、親父がもういけんかもしれんのよ」

「えっ、親方が⁉」

永伍は二度目の脳梗塞で入院中だった。まだ五十五歳だが、長年の塩分過多の食生活が祟り、血管はボロボロだという。

「今日あす、どうこうっちう訳やない。やけどもう現場の一線には戻れんやろう。後遺症もある。俺は親父の目が黒いうちに、東京の地図を見せてやりたいんよ」

俊介は頷いた。その気持ちは同じだ。

「ところが会議が揉めに揉めちょる。『いま東京をやったら倒産します』の大合唱や」

それもまた正論だろう。拡大路線といえば聞こえはいいが、キョーリンの台所はあいかわらず火の車だった。

「親方はなんち言いよん？」

「もちろん、やれち言いよる。でもいまは、銀行の義父（オヤジ）の判断の方が大切かな。ざっと調べてみたところ、東京都心は一年で一割から二割ほど店子（たなこ）が入れ替わる可能性がある。やけん調査に一年以上は掛けられん。二割も入れ替わったら地図として用を成さんけんな。一年で完成させるにはバイトが一日百人必要や。完成と同時に改訂作業もスタートする。なんやかんやで、初年度に三億かかる」

「三億？　義父さん、そんなに貸してくれるか？」

「貸してくれんと困る。お腹の中の孫を質にしてでも貸してもらうわ」

　と一平はおどけて見せた。

　もともと頭取は永伍の盟友だった。頭取が「今月の預金目標額を達成できそうにありません」と泣きつけば、永伍はあちこちの銀行から預金を引き揚げて回してやった。

　逆に永伍が「今日の三時までに五百万ないと不渡りで倒産する」と言えば、頭取は自らクルマを飛ばして届けに来た。この時はスピード違反で捕まったが、「あとで必ず出頭するから」と白バイを振りきって来たそうだ。こうした関係から一平の縁談は生まれた。

「そういえば、面白いもんがあるぞ」

　一平が抽斗（ひきだし）から辞令を取り出して、ひらひらと振って見せた。

「今日から俺は専務や」

「三階級特進やな」俊介がニヤリとする。

「もう四の五の言っちょれんのよ。いざとなったら今日は専務権限で押し切る。さあ時間や、行こう」

会議室に入ると、古参役員が四名、部長クラスが七名、ずらりと顔を揃えていた。一平は「今日からここに座らせてもらいます」と言って、最上位の席についた。その隣には頭取の姿もあった。俊介も末席に座った。

ひと通り業務連絡が終わると、

「それでは本題に入りましょう。東京の件です」

と一平が言った。途端に空気が張りつめる。

「まずは合志くんから、名古屋の進捗状況について聞かせて欲しい」

俊介はハイと立ち上がり、「きわめて順調です」と自信満々に言い切った。「この調子なら、当初の予定を二ヶ月ほど縮められるでしょう。現地で採用した運動部の学生バイト諸君が頑張ってくれています」

ほう、という顔がドミノ倒しのように並んだ。

「このままのチームで東京もやれそうか？」と一平が訊ねた。

「やれます」俊介は即答した。「少なくとも現場レベルでは問題ありません。都心のビル密集度や、人口流動性が高いといっても、要するに人手の問題です。われわれは学生バイトを動かすコツを掴みました。人手さえ確保できたら、調査員がやることは東京港区でも、大分の耶馬渓（やばけい）でも変わりありません」

笑い声が起こった。耶馬渓とは、人煙まれな渓谷の景勝地である。

「報告ありがとう」と一平が言った。「つまり問題は資金面ということで、これは百年経っても変わりませんな」

そこから、ざっくばらんな意見交換が始まった。「名古屋と東京では違う」とか、「東京に手をつけたら財務的に危険水域に入る」という慎重論が多かった。

俊介はその様子を興味深く見守った。永伍の子飼いの古参社員のなかに、二つのタイプがいることは聞いていた。一平を「若」と呼んで盛り立てようとする一派と、一平のトントン拍子の出世をあまり快く思っていない一派だ。

どちらかといえば反一平派と目される役員が、東京進出に賛成していることが俊介には意外だった。しょせん小さな会社だから、一平の世襲に対する心理的傾向はそれぞれあるにしても、派閥という程のものはないのかもしれなかった。

バン、と一平が机に手をついて立ち上がった。

「われわれには、地図屋の矜持があると思うんです」

野太い声が響きわたる。

「危険やっちいうて、東京から逃げていいんでしょうか。それは地図屋の敗北やないでしょうか。うちがここまで伸びてきたのは、『日本全国の全建物と全氏名が入った住宅地図を完成させる』っちゅう使命に忠実やったけんです。東京はカネも掛かるが、リターンも半端やない。われわれが手をこまねいているうちに他社が完成させてしまったら、キョーリンは永久に東京地図を持つことができません。『地図会社は一地域に一社で充分』ですけんね。このままでは、キョーリンは田舎の地図屋さんで終わってしまいます。開墾を怖れてはいけんと思うんです。リスクを取り、未開の地を耕した者だけが、二毛作、三毛作、四毛作と恵みを受け取ることができる。もちろんうちはいま火の車ですが、東京を落とさんことには好転せんでしょう。いつかやらんといけんなら、いまやるべきです」

会議室は静まり返った。一平の言ったことがすべて永伍の受け売りであることは、この場にいる誰もがわかった。いいかえれば、一平による路線継承宣言とも取れる。

一平にうながされ、頭取が次に立ち上がった。

「わたしは銀行マンです。カネを貸すのが仕事です。カネを貸すかどうかで悩んだときは、ある戦前の財界人の言葉を思い浮かべます。『〝カネがないから〟と言ってやらぬ人間は、カネがあってもやらぬ人間である』。わたしはどうせ貸すなら、お国のため、復興のため、社会のためになるような人に貸したいと思ってやって参りました。永伍社長に初めて会ったとき、彼はこう言いました。『うちはカネがありません。社員はぼろぼろのズックを履いて、一日じゅう歩き回っています。ズックは穴が空くまで履き、穴が空いたら詰め物をして、また歩き出します。足で稼ぐ泥臭い仕事だからこそ、他社には真似できんのです。このままでも、いつか日本全国の住宅地図を完成させてみせましょう。でもカネがあれば、うんと早く完成できる。どうです、うちのメインバンクになってくれませんか』。そのとき帳簿を見せてもらいましたが、まあ、カネがない。これはいまも変わりませんが」

どっと笑いが起こった。ヤケみたいなものだが、陽気な笑い声ではある。

「わたしは永伍さんを好きになりました。彼は約束を破らない。笑うときは腹の底から笑い、怒るときは腹の底から怒る。面倒見が良くて、数字に強くて、人としての重心が低い。こんな人にカネを貸さんでなんのためのカネ貸しか、と思いました」

俊介は頭取の話を聞きながら、七年前、永伍に「近江八幡の麹屋の娘と結婚することになりました」と報告に行った時のことを思い出した。永伍は「おお、そうか！」と全身で喜びを表し、俊介を靴屋へ連れて行きコードバンの革靴を買ってくれた。俊介の月給の倍もする舶来品だった。「人は足元を見る。向こうの親御さんに会いに行くときは、これで行きよ。いつもぼろぼろのズックばかり履かせてすまんな」

頭取が続けた。

「東京の地図を完成させるには三億掛かると聞きました。販売が軌道に乗るまでにはもっと掛かるでしょう。うちは全面的に融資する方向で検討を進めております。ハシゴは外しません。どうぞ後顧の憂いなく計画を進めてください。正直にいえば、九州の会社が東京をぎゃふんと言わせる姿を見たい気持ちもあるのです」

頭取が席につくと、一平が立ち上がり、「ありがとうございます」と深々と頭を下げた。

つられて全員が立ち上がり頭を下げた。これで決着はついた。

「それでは次の議題に移ります」

と一平が言った。「弊社における組合設立の動きに関してです」

会議が終わったのは昼どきで、俊介は一平と近くの天婦羅屋へ向かった。ニンニクでも紅生姜でも、栄養があって揚げられるものならなんでも揚げてしまう庶民的な店だ。

店内では酒を飲んでいる客もちらほらいた。小倉は鉄鋼の街だから、三交代制で働く製鉄マンのために、朝から飲める店が多い。

俊介は薬缶（やかん）からセルフサービスの麦茶を注ぎ、「それにしても男気のある頭取さんやったな」と言った。

「ああ。でもあげな演説が必要になるのも、俺に信用がないけんや」と一平は浮かぬ顔で答えた。

「どういう意味？」

「親父は東京をやれっち言いよる。銀行もバックアップするっち言いよる。みんなも頭ではやった方がいいっちわかっちょん。では、なしてスッと賛成せんか？　指揮を執る俺の力量を信用しちょらんけんよ」

「そげんことなかろう」

俊介は慰めたが、それも一面の真実ではあるだろう。

「そげんことある。でもそれは仕方のないことなんよ。どこの跡取りにも、いつかこんな壁が立ちはだかる。それを乗り越えることで、みんなに認めてもらうんや。俺の場合はそれが思ったより早く来たに過ぎん」

天丼が届いた。俊介は甘いタレが染み込んだ白飯をかきこみながら、

「親方の具合、そんなに悪いん？」

と訊ねた。一平も飯をかきこみながら「悪い」と答えた。「でも頭はまだしっかりしちょるけん、東京を始めるならいまのうちがいいんよ」

「そういえばさっき、組合設立の話が出たな。あれ、どういうことなん？」

「えっ、お前知らんの？」一平が箸をとめた。

「知らん」俊介は仏頂面で答えた。社を空けがちな調査員とはいえ、蚊帳の外に置かれたようでなんとなく面白くない。

一平が言った。

「本社の内勤組に熱心な者がおってな。そいつらが主導しよるんよ。親父が倒れたけん、いまがチャンスよ」

俊介の脳裏に二、三人の顔が浮かんだ。いずれも「活動家」として知られる連中で、彼らにしてみれば永伍がいない今は確かに好機だ。

というのも五、六年前にも組合設立の動きがあった。当時の主導者がそれを告げに行くと、永伍は顔を真っ赤にして怒鳴った。

「ストでもなんでも好きにやれ！　ただしうちは自転車操業やけん、業務がストップしたら即日倒産。君らも明日から土方を覚悟しちょけよ！」

これで組合設立は見送りとなった。

俊介は天丼を食べ終わり、麦茶で一服した。

「で、どうするつもりなん？　東京進出もあるに、いま組合をつくられたら厄介やろう」

「いや、そんなことない。組合は社員の当然の権利や」

一平は楊枝を使いながら、平然と言った。

「ちょうどいい機会やし、各種の制度をすべて明文化する。これまでのキョーリンのやり方を改めるんよ」

古い体質からの脱皮。

それはもはや一平の宿願といってよかった。

もちろん事業に関しては永伍に一日の長があるから、一平も譲ることが多い。しかし人事や労務では頑として譲らず、そのことで父子はしばしば対立した。

たとえば永伍なら、今回の組合設立の動きも潰しにかかるだろう。永伍に言わせれば、キョーリンはいまだ全国制覇の途上にあり、大局的に見て、ボーナスを出すよりも調査費にあてたい時期がある。会社として機動力を失いたくないから、ボーナスを出せる時は出すが、明文化はダメという理屈だ。ところが一平に言わせると「それは親父が独裁者でいたいだけなんよ」となる。

俊介の見るところ、この親子は相違点よりも類似点の方がはるかに多かった。しかし世代が変われば、考え方も変わる。永伍は戦後の青空の下で漬物を刻みながら、住宅地図という天命をひきあてた。それからはしょっぱい汗を一万リットルもかき、血の滲むような金策に奔走しながら会社を育ててきた。その会社を全国制覇の夢と共に息子へ譲る日は近い。天沢商店で何が悪い、という想いがある。

ところが息子は、会社から天沢家の血中濃度を減らしていくという。それが株式会社であり、近代的経営であるという。永伍は寂しいだろう。だがこの戦いは一平に分がある。永伍より長生きするからだ。

一平が伝票を持って立ち上がった。

「名古屋へは明日帰るんか」

「うん、朝イチや。その前に親方の見舞いに行こうと思うんやけど、どうかな」

「行かんでええ。社員が行くとあまりいい顔をせん。『見舞いに来るくらいなら、一軒でも多く調査せい！』と怒鳴られるんがオチよ」

「ははは。それだけ元気なら安心や」

「それよりも地下街の件、どうにか頼んだぞ。難しいとは思うが、名古屋をクリアできんで何が東京や、っちゅうことになりかねんからな」

「承知や。どうにかする。それじゃ、ご馳走さんな」

二人は会社の前で別れた。俊介はその足で経理部を訪れ、「足利くん居ますか」と呼び出してもらった。足利はすぐにやって来た。

「どうも。なんか用ですか」

足利は俊介より二つ年下だが、額にかかる前髪がインテリぽくて学生臭さが抜け切らない。暗く燻るような目つきが一度見たら忘れられないタイプだ。彼が熱心な活動家であることは、社内の誰もが知っていた。

「ちょっと聞きたいことがあるんやけど、いいか」

「いいですよ」

足利は、こんなこと慣れっこだと言わんばかりに付いてきた。二人は会社裏の公園のベンチに腰をおろした。

「組合のことなんやけど、俺は何も聞いちょらんぞ。調査員は蚊帳の外なん？」

「違います。合志さんだけです」

足利は薄ら笑いを浮かべた。

「なしてな？」

「率直に言うと、合志さん、あんたは会社の間諜っち見られちょんのですよ。あんたに話したら、ぜんぶ会社に筒抜けやが。さっきも一平部長とメシに行っちょったみたいやし。あ、今日からあの人は専務でしたっけ、ハハハ」

「やけど一平……専務は、組合設立に前向きで。さっきも『組合は社員の当然の権利や』ち言いよった。そこやないんよ、問題は。なんで俺だけ爪弾きにされちょんのや、っちゅうことや。俺をイヌやち言うたな」

「言いました」

「撤回しよ。言いがかりや」

「しません。だってあんたの家は、二代にわたって創業家と昵懇やろうが。疑わんほうがおかしい。どうしてもこっちの陣営に入れて欲しいなら、何かお土産を持ってきてください」

「なんな、お土産っち」

「それは自分で考えてくださいよ」

足利が嫌な笑い方をした。こうして話すのは初めてだが、すこし得体の知れない感じがした。人間として、どこを向いているのか分からない感じがするのだ。

「なあ、キョーリンはまだ発展途上の会社やん。これから東京にも進出する。会社と社員が対立してる場合やないっち思わんか」

俊介が精いっぱい俯瞰的な立場に立つと、足利は「東京も問題なんですよ」とため息をついた。

「また大借金するんでしょ。その皺寄せはどこにきます？　社員にくるに決まっちょります。われわれは安月給で、いままで以上に働かされる。労働者はいつ報われるんですか。東京進出も、全国制覇も、それでわれわれの生活が良くなるならいいでしょう。でも結局は経営陣の、ちうか天沢家の利益とロマンの追求に過ぎんでしょうが。付き合わされるこっちは堪ったもんじゃない。僕の言いよること、間違ってますか」

間違っていなかった。だが、自分と足利では拠って立つ場所がちがう、と俊介は思った。俊介は永伍と一平の夢に乗った。足利は乗っていない。それに俊介は十五歳になる年、一平とクスノキで約束したのだ。「お互いのピンチは助け合おう」と。俊介は対話を続ける情熱を失い、「分かったわ」とベンチから立ち上がった。

「俺は労働争議やらなんやら、むつかしいことはようわからん。調査員として東京を攻略したいっち思っちょるしな。それにお前の言うとおり、一平を売るような真似もでけん。もう何も言わん。これからはお前らの敵でもなければ、味方でもないっち思っちょくれ」

足利は暗い目つきで俊介を見上げた。

「いいんやないですか、それで。どうせ合志さんもそろそろ役付きになる頃や。一平さんと仲良しやから、出世も早いと思いますよ」

足利は侮辱の色を隠そうとしなかったが、俊介はそれには構わず遠くを見つめ、

「面倒なもんやな、大人になるっちゅうんは」

と言った。思いがけず、心の底を浚うような独白になってしまった。

「どういう意味ですか」

足利の目に、初めて真摯な光が宿った。

「俺はそろそろ二十九になるが、肩書きがどうや、立場がどうやなんか、十五のときは考えもせんかったぞ」

「十五歳の純情ですか。ただのノスタルジーですよ、そんなんは」と足利は嗤った。

そうではあるまい、と俊介は思った。十五歳のときの純情が果敢ない幻なら、いま反目しあっている二人の価値観の対立も、十五年後には果敢ない幻ということになる。「十五年後にはすべてが無意味になっている」という論法を用いてしまうと、「いま」を真剣に生きる意味がなくなってしまうのだ。

「もう行ってもいいですか」と足利が言った。

「ああ。時間を取らして悪かったの」

「べつに。合志さんもその気になったら来てください。歓迎しますけん」

「期待せんで待っちょいてくれ」

俊介はその足で自宅へ向かった。足利の暗く燃えるような目つきが脳裏にこびりついて、

離れなかった。足利を嫌いになりたくなかった。あいつにもきっと、やむにやまれぬ理由があって活動家になったのだろう。

家に着くと、未希が片付けものをしていた。

「あら、お帰り。早かったんね。さっき生徒さんが甘夏みかんを持ってきてくれたから、お義母さんところへ持っていってくれる？　ついでに今日はこっちで三人で鍋でもしましょ、って伝えて」

「わかった」

俊介は甘夏みかんを持って両親の借家を訪ね、

「やあ、元気にしよる？」

と言いながら靴をぬいで上がった。

「あら、いらっしゃい」

花奈はやりかけの縫い物を置き、老眼鏡をはずした。

「はい、甘夏」

「まあ美味しそう。お茶を淹れんとね」

台所に立った花奈の背中に、俊介は話しかけた。

「さっき一平とメシ食いよったんやけど、あいつ今日から専務やっち。そのうち会社の掲示板にも貼りだされるっち思うわ」

「そう。永伍さんも具合が良くないけん、一平さんを早く一人前にしたいんやろうね」

「親方、そんなに良くないん？」

「舌がもつれるんよ。あれだけ頭の回転の速い人やけん、『舌が追いつかんのが、もどかしそうや』ち葉造さんが言いよった」

「そっか……。まだ内緒やけど、会社の東京進出が決まったに。名古屋が終わったら、僕もおそらくすぐ東京や」

「それは忙しくなるな。頑張りよよ」

「父さんは、やっぱり北海道のこと言っちょんの？」

「うん、言っちょる」と花奈は微笑んだ。

五十五歳になった葉造は、永伍からの役員就任の打診を断り続けた。定年まで調査員のままでいたいと言う。げんにいまも八年ぶりの飛騨地方の改訂調査に出かけているところだ。

それでも永伍があまりにしつこいので、葉造は「だったら俺が歩けるうちに北海道支社を設立して、そこへ俺を飛ばしてくれ」と言った。

葉造には若い頃から、北海道の大平原に対する憧れがあった。

永伍はこう言ってオーケーを出したという。

「よっしゃ。それなら葉造には北海道支社長をつとめてもらおう。定年後は、東北地方まで管轄してもらうぞ」

キョーリンにとって東北地方は手つかずだったから、このプランはいわば両想いといえた。

「父さんが行くことになったら、母さんも行くん？」と俊介は訊ねた。

「そりゃお父さんを一人では行かせられんわ。はい、お茶どうぞ」

俊介は湯呑みを傾けたあと、甘夏みかんをひとつ口へ放り込んだ。

「そういえば未希が、今晩はあっちで鍋にしようっち」

「それは楽しみやね」

母の目尻に浮かぶシワが深かった。両親が北海道へ行ってしまったら、一緒に食事をとることすらままならなくなる。勤めてからは調査で家を空けがちだったとはいえ、ずっと両親のそばで暮らしてきた俊介にとって、そのことは想像の外にあった。そもそもこんな歳になって、厳寒の北海道の暮らしに耐えられるのだろうか。

その晩は市場から新鮮な鶏を買ってきて水炊き鍋を囲んだ。水菜、長ねぎ、しめじ、絹ごし豆腐などを加え、ポン酢でいただく。

「はい、どうぞ」

未希によそって貰い、はふはふ言いながら食べた。さっぱりした中にもダシの濃厚なコクが感じられて旨い。

「おろしを入れて、みぞれにするのも美味しいんよ」

と花奈が小さじで入れてくれた。

女手が二つあると、まさに至れり尽くせりだ。俊介は里ごころがつき、あやうく調査先の男所帯に帰るのが億劫になるところだった。

名古屋へ戻ると、俊介はチームを組んで熱田区へ乗り込んだ。隣接する瑞穂区もリーダーとして管轄する。

調査は順調に進んだ。それだけに、保留となっている地下街のことが気にかかった。

名古屋の攻略も半ばを過ぎたころ、本社から辞令がきた。

「ひと月後に東京準備室へ移れ。住まいは江東区のアパート。一年は戻れないものと思われたし」

いよいよ来たか、という気持ちと、地下街にケリをつけねば、という気持ちが二つの頭をもつ蛇のように互いを呑み合った。

仕事が休みの土曜日、俊介は道具一式を持って、朝の地下街へ下りていった。まだ人影は少なかった。午後からの書き入れ時にそなえ、店舗の従業員たちは商品陳列に余念がない。

俊介は画板をぶら下げて歩き始めた。地下街を攻略するための鍵は、この迷宮のどこかに隠されているはずだ。それだけは間違いない。俊介は目を皿のようにして歩いた。だが何も見つからなかった。

ひょっとしたら自分は、地下街を攻略できぬまま東京へ異動することになるのではあるまいか？　その予感は、俊介の職業人としてのプライドを傷つけた。

「日本の全建物と全氏名の入った住宅地図を完成させる」

その大きな使命感あればこそ、今まで歩いてくることができた。

仕事が楽しいといえば、嘘になる日の方が多かった。なんだこんなつまらん仕事、とわが身を呪ったことは数えきれぬほどある。

雨天調査が嫌で仕方なかった時期もあった。傘を差して歩くだけでも骨が折れるのに、せっかく調査した氏名が雨で判読不能になったときは、画板を放り投げたくなった。

やがて俊介は雨の日の調査をサボりがちになった。都会なら映画館で時間を潰した。田舎なら神社や公民館の軒下で本を読んだ。

——どうせ効率は悪いんやけん、晴れた日に取り返せばいい。

そう自分に言い聞かせたが、半日もサボっていると罪悪感が湧いてくる。俊介はとうとう堪えきれなくなって、信頼を寄せていたある先輩調査員にそのことを打ち明けた。

すると彼は言った。

「サボったっていいやんか。俺たちは人間や。機械やない。やけど——」

彼はこのあと自分が発するセリフのことを思って、照れくさそうにした。

「雨の日の調査は人生について考えさせられるけん、俺は好きよ」

俊介はこの言葉に感銘をうけた。調査の仕事は単純かもしれないが、単純な仕事をしている人の心が、単純だとは限らない。むしろ単純な仕事を通じて、自分の心と向き合う時間が長いぶん、心を磨ける機会も多いのではないか。

　仕事を通じて、人間を磨きたい。

　俊介はそう思うようになった。それからは雨の日こそノルマにこだわるようになった。

　いま二十九歳を目前に控えて、俊介には朧（おぼろ）げに見えてきたことがある。それは「越えられない壁はない」ということだ。正確にいえば、人は越えられる壁だけを壁と認識する。

　――やけん、絶対越えられるんや、この壁は。

　俊介は地下街の片隅から通路を睨みつけた。ぼちぼち人出が増えてきた。家族連れもいればアベックもいる。彼らは地下街の全体像などお構いなしに、そぞろ歩いていた。

　ふと、足利に似た男が目に入り俊介は苦笑した。足利に言わせれば会社の使命におのれの人生を託し、むなしい休日出勤をするなんて愚の骨頂だろう。だがそこは言い争っても仕方ない。人にはそれぞれのルートの取り方があるし、歩き方もある。自分の信じた道をゆくしかないのだ。

　ロンジンの腕時計を見ると、ちょうど昼時だった。

　――しきり直すか。

　俊介は新鮮な空気を吸うために、近くの階段から地上に出た。いい天気だった。
空を見上げると、視線の先に見覚えのあるビルがあった。

――あれはたしか、日友ビルとか言ったな。

俊介はここら辺りの地上調査を担当したから、なんとなく覚えていた。右の大きなビルが名報ビルヂングで、その隣はたしか高樹ビルだ。二つのビルのあいだに電線が架かっているのを見て、むかし葉造から聞いた話を思い出した。

「ある村の調査を終えて帰ろうとしたら、山奥へ電線が延びているのを発見してな。あっちにも民家があるのか、と思うとげんなりしたわ」

たしかそんな話だった。

「電線、か」

何気なくつぶやいたとき、俊介の背中に何かが走った。

電線……。

点と線……。

「あっ！」

俊介は鋭い叫び声をあげて、辺りをきょろきょろ見回した。

ある。お目当てのものが、かなりある。

俊介は次の信号まで駆けて行き、また辺りを見回した。

ある！　これなら充分だ。

俊介は地下街へ下りていき、すぐに上がってきた。

そして隣の区画の階段へ移り、同じことをくり返した。

——できた……！　できたぞ、地下街の全体像が！

地下街の出入口階段の位置を、地上に出てすぐ目に入るビルと紐づけるのだ。

俊介はそれから五時間かけて、全ての出入口階段の位置を地上地図に記した。それらを線で結ぶと、地下街の全貌が姿を現した。それは巨大な「ム」の字形をしていた。明日からこの白地図を頼りに、一軒ずつ店舗名を記していけばいい。

作業を終えるとクタクタだった。むしょうにビールが飲みたくなり、近くの酒屋へ駆け込んで缶ビールを買った。軒下で一気に飲みほすと、いくぶん神経の高ぶりが鎮まった。

その晩、いたずら気分で一平にわざわざ電報を打った。

「チカガイ　カンラク」

返事がきた。

「バンザイ　ツギハ　トウキョウダ　シゴニチ　ヤスメ」
四、五日休めだって？
俊介は名古屋調査が終わりに近づくにつれ、降って湧いたような休暇の使い道について、考えた。未希や花奈と温泉でも行くか、あるいは自宅でゆっくり骨休みするか。

そんなことを思っていた矢先、葉造から連絡があった。

「こっちも改訂調査が終わりそうだ。温泉でも浸かりに飛驒へ来ないか」

こんな誘いは初めてだった。俊介は訝しんだが、考えてみれば名古屋は「陸の孤島」といわれる飛驒への玄関口だ。それに二人がこんな近くで同時に調査を終えることも、今後ないだろう。

思えば俊介が就職してからというもの、葉造とはすれ違いの生活が続いた。どちらかが内勤の時期は、どちらかが調査に出ていることが多かった。同時に家を空けたこともしょっちゅうある。

このあと葉造は北海道へ転勤が決まっていた。定年もあちらで迎えることになる。最後に同僚として、また親子として、けじめのようなものをつける気になったのではあるまいか。だとしたら無下にも断れない。俊介は「一泊でそちらに行く」と葉造に伝えた。

飛驒行きの列車は、朝のうちに名古屋駅を出発した。市街地を抜けると、すぐに郊外の田園地帯へ入り、やがて山間(やまあい)の隘路(あいろ)に突入する。あとはずっと山の中だ。

飛驒の高山駅に着いたのは、午前十一時頃だった。ホームに降り立つと、葉造が迎えに来ていた。かたわらに半纏を着た老人が立っている。

「来たか」

葉造が言った。「こちらはヨウさんちうて、旅館の番頭さんや」

「はじめまして。八ッ峰旅館の番頭でございます」

番頭らしい丁寧なお辞儀をされ、俊介も「合志俊介と申します」とお辞儀を返した。

「ヨウさんは俺が八年前に初版調査に入ったとき、お世話になった人でな。今回もお世話になったんよ」と葉造が言った。

「そうでしたか。それはそれは」

俊介は再び頭を下げた。番頭が微笑むと、スコップで掘ったような深いシワが顔じゅうに走った。七十歳ほどにも見えるが、どうだろう。田舎の老人の年齢ほど判りにくいものはない。

三人で改札を出ると葉造が言った。

「呼んでおいて悪いんやけど、俺は調査地区でちっとう気になるとこが出てきての。そこを確かめてくるけん、とりあえずヨウさんに町を案内してもらえ」

「気になるとこって、なんな?」

「谷の奥に三軒ばかり集落があったらしいんよ。夜までには帰る」

葉造が立ち去ると、番頭が言った。

「まずはうちの宿で荷下ろしを、と言いたいところですが、その必要はなさそうですな」

「はい。このままで大丈夫です」

一泊なので、小さなショルダーバッグ一つで来た。

「さすが、旅慣れていらっしゃる。それでは参りましょう」

二人はまず古刹をめざして歩きはじめた。からりと晴れて気持ちがいい。

「すみません、突然こんなことになってしまって」と俊介は言った。

「とんでもございません。お父さんとは仲良くさせて貰っているんです。どうぞ気兼ねなさらずに」

「父とは、八年前に？」

「ええ。たまたま道を訊ねられましてね。聞けば、地図づくりで長く滞在すると言うので、ルートの相談に乗ったり、地元の人間だけが知っている野天風呂へ案内したりしたんです。そうだ、今晩あなたもそこへお連れしましょう。いいお湯が湧いてるんです」

「ありがとうございます」

「あと、今晩はうちの宿でフルコースを召し上がって頂きますよ。田舎料理ですが、いま板前に特別に仕入れに行ってもらってるんです。腹を空かせておいて下さい」

「それは楽しみです。ありがとうございます」

俊介はすこし不思議そうな面持ちで番頭を眺めた。田舎には、よそ者に対して底抜けの厚意を示したがる人がいるが、この番頭もその類いだろうか。ひょっとしたら、地縁がらみの人間関係や、単調な生活に倦んでいるのかもしれない。

「しかし、大変な仕事でしょうな。地図の調査というものは」と番頭が言った。

「どうなんでしょうね。これしかやったことがないので分かりません。でも、いろいろな土地へ行けて楽しいです」

「いつからこの仕事に就こうと思ったんですか」

「小さい時です。父からお伽噺のように調査の話を聞かされて育ったものですから」

「尊敬なさってるんですね、父上のことを」

「尊敬……」

俊介はすこし首をひねった。「尊敬というのとは、少し違う気がします。でも同じ道を歩ませてくれたことには感謝しています」

「そうですか。いずれにせよ、佳きことです」

「でもご覧の通り、不愛想な父ですから」

俊介が頭を掻くように言うと、こんどは番頭が「はて」と首をひねった。

「不愛想というのとは、すこし違うような。父上は仕事の上での責任感が強いのではありませんか」

「じゃあ、頑固者かな。大分の言葉で、ガンコ者という意味です」

「ああ、ゲッテンモン。それなら分かります」と番頭は微笑んだ。

二人はお喋りをしながら寺院を巡った。山に囲まれた高山の町は空気が澄みわたり、天空に近い盆地という感じがした。ときおりハッと息を呑むほどうつくしい民家があるのは、未希のふるさと近江八幡とおなじだ。万事につけ飛騨のほうが重厚な造りに見えるのは、豪雪地帯だからだろう。

「それにしても、お寺の多い町ですね」と俊介は言った。

「ええ、もとは天領ですから。幕府は金銀銅が採れるので、ここを自領にしたといいます。だからこの町は裕福だし、教育水準も高い。寺院の数はそれらに比例します」

俊介は番頭のインテリめいた口ぶりを不思議に思った。なんとなく、他所(よそ)から来た人のような気がする。

やがて町から離れ、しばらく里山づたいに歩いた。陽がだんだんと高い所から注がれるようになり、古道に陰影をつくりだした。どの景色を切り取っても、絵葉書のような風趣がある。

「飛騨は清らかで、きれいな町ですね」と俊介は言った。

「おっしゃる通りです」番頭が深くうなずく。

「でも、冬の寒さは厳しいでしょう」

「厳しいですが、わたしはもっと寒い地方にいたことがあるので平気です」

「そうでしたか」

予感は当たっていた。やはり番頭は地元の産ではないのだ。

「この地方は祭りも盛んですよ。飛騨の大工が腕によりをかけた神輿(みこし)が十台以上でます」

「匠の国ですもんね」と俊介は言った。

「おや、興味がおありですか」

「興味というほどではありませんが、各地を回っていると、日本は木の国だなとつくづく思います。それで新しい土地へ入ると、自然と木や木材関係に目がいくようになりました」

「それなら山小屋へ行ってみませんか。われわれが山仕事をするときに使う小屋ですが、そこの山道を少し登ったところにあります」

「ええ、ぜひ」

番頭が先に立って山に入っていった。俊介は後に続いたが、「少し登ったところ」どころの話ではなかった。獣道をかろうじて踏み固めたような急勾配を十五分ほども歩き、ようやく粗末な山小屋にたどり着いた。

「これは杣(そま)小屋と言います。木を切る伐(き)り子や、手橇(てぞり)で運ぶ出し子、日用品を売る歩荷(ボッカ)さんなどが出入りします。むかしはここで炭焼きもしました。カシの木を焼くと、いい炭になるんです」

番頭の声は涼しげだった。かつて陸上部で鍛えた俊介が荒い息をしているというのに。

そのことを指摘すると、番頭は「山は平らに歩けば疲れないんですよ」と微笑んだ。

「平らに？」

「ええ。猟師や木こりの歩き方です。もっとも、習得するには三年かかりますが」

「三年、ですか」

俊介は同じ歩く仕事として興味を惹かれた。調査員も二、三年やるうちに、疲れ方が変わると言う人は多い。

「奥が深いんですね、歩くということは」

「深いです。山の仕事もそうですよ。たとえば大工は家を造るとき、山に生えていたのと同じ方角に木を使います」

「どうしてですか」

「山で東向きの斜面に生えていた木は、東から風雨を受けて育ちます。だから家の東側に使うと家が強くなるんです」

「なるほど」

俊介が感嘆すると、番頭は自分が褒められたように嬉しそうにした。

「腕のいい大工の仕事は、それは見ていて惚れぼれしますよ。ここにも道具があります」

番頭は埃をかぶった道具箱から、二つの道具を取りだした。

「こうして左手に差金(さしがね)を持ち、右手に墨壺(すみつぼ)を持ちます。これを自分の腕のように使いこなせるようになって、ようやく一人前。ここまでに十年掛かるそうです」

「ほう」

俊介はまたもや感嘆して見せたが、心中穏やかではなかった。というのも、番頭の左手に指が二本なかったからだ。小指は根元から、薬指は第二関節から。

——そういうことか……。

この番頭はかつてやくざ者だったのだろう。それがなんらかの事情で飛驒へ流れてきて、宿屋で拾ってもらった。おおかた、そんなところだろう。

そうした目で見ると、旅館の番頭らしい如才なさや、世捨て人のような穏やかさの裏に、往年の激しい気性が秘められているようにも感じられてきた。人の第一印象なんて、あてにならない。

「飛驒の大工はこの二つ道具で、微分積分でしか出せない寸法を割り出します」

番頭の口から高等数学の用語が出て、またもや俊介の印象は揺さぶられた。やくざになる前は優等生だったのだろうか。

「大工仕事がお好きなんですね」と俊介は言った。

「はい。じつはむかし、木を伐り出す作業に従事していたことがあります」

おそらく刑務所での話だろう、と俊介はピンときた。

「あのときもっと木に詳しかったら、と悔しく思うことがありますよ」

番頭は軽くため息をつき、「さて、そろそろ宿へ参りましょうか」と言った。二人は来た道を戻っていった。

番頭の宿は江戸時代から続く旅籠(はたご)というだけあって、土塀に囲まれた格式ある造りだった。

中へ入ると、頭上には見たこともない巨大な梁が渡されており、俊介は思わず息を呑んだ。

「江戸時代に切られた木ですが、いまだに息をしているらしいですよ。さ、参りましょう」

案内されたのは、二間続きの客室だった。

「今日は父上とこの部屋をお使いください。わたしは夕食の支度をして参ります」

お茶を淹れ、畳のうえでゴロゴロしていたら葉造が帰ってきた。

「おかえり。どうやった？」

「危ないとこやったわ。一軒は人が住んでおらんかったが、二軒は書き漏らしてた」

「ふうん」

「呼び出しといて、悪かったの。で、どうやった？　飛騨の町は」

「綺麗なとこやの」

「そうやろ。なんか独特の雰囲気があるわ」

やがて廊下で賑やかな声がし、三人分の膳が運ばれてきた。アユの塩焼きが二尾ずつ付いた豪勢なものだ。三人で乾杯した。

「これはなんですか？」

突き出しの一つについて、俊介は番頭に訊ねた。

「赤かぶらです。赤かぶの漬物で、このあたりの常備菜です」

食べると、しっかりした熟成発酵の中にもほんのりと甘みがあって旨かった。アユの塩焼きにも、温かいうちに横腹から齧りついた。なんとも言えない新鮮な苦味が口に広がる。

「そういえば、東京行きの辞令が出たわ」と俊介は言った。「最低でも一年は帰れんち話、母さんから聞いた？」

「聞いた」

「東京ではみんなでアパート暮らしやけん、未希は置いていくことになる」

「そうか。仕方ないの」

二人のやり取りを聞いていた番頭が、ふしぎそうに葉造に訊ねた。

「あなたは、東京の調査はなさらないんで？」

「しません」

と葉造は微笑んだ。「東京地図は会社の命運をかけた一戦で、もうロートルの出る幕やないんです。初版をつくったら改訂作業は永遠に続きます。やけん、初めから若い人に任せた方がいい。こいつはそのリーダーの一人に選ばれました」

「ほう」

「それだけやありません。こいつはここに来る前、名古屋の地下街を調査して本社でも評判だったらしいんです。きのう電話で永伍……いや社長と話したら、『俊坊の攻略法はわが社始まって以来のアイデアや。社史に名が残るぞ』と喜んじょりました」

「それはそれは」と番頭が目を細める。

俊介は箸を止めて、ぽかんと話に聞き入った。葉造が自分の目の前で息子自慢をするなんて信じられなかった。

「空きましたな。お酒をつけて参りましょう」

番頭が徳利をもって出て行くと、俊介は「北海道はいつに決まったん？」と訊ねた。

「春や」

葉造はアユの身をほじりながら答えた。「これが最後のご奉公のつもりよ」

「いま組合の話が出ちょんのやけど、知っちょる？」

「ああ、耳に挟んだ。でもそれは一平くんやお前の問題よ。もう俺たちの任やない」

会社員生活も終盤にさしかかった葉造は、こうした雑音が嫌で役員就任を断り、北の大地へ転勤を希望したのかもしれない。生涯一調査員でいたいという願いは、俊介にもわからないではなかった。

食事は最後に炊き込みご飯と、味噌汁が出た。

「ふーっ。食った食った」

葉造が腹をさすりながら横になった。

「野天風呂はどうしますか」と番頭が訊ねた。

「俺は腹いっぱいで動けんけん、お前、案内してもらえ」と葉造が言った。

俊介は浴衣に着替え、腹がこなれるのを待って、宿を出た。

番頭に足元を照らしてもらいながら風呂をめざす。山国の夜はひんやりとしたが、このところずっと都会の名古屋にいたから空気がうまい。

野天風呂は山の懐にあった。風呂というよりは大きな泉のようだ。木々のこずえが天然の傘のごとく垂れさがり、まわりは岩で突き固めてある。

この時間は誰もいなかった。二人は掛け湯だけして身を沈めた。足元から新鮮な湯が湧いているのがわかる。湯加減もちょうどいい。

はあ、と自然なため息が漏れた。

「どうです。いい湯でしょう」と番頭が言った。

「ええ、本当に」

俊介は生き返るような心地で答えた。こずえから朧な月明りが漏れてくる。

「あなたが一年も留守をするとなると、奥さまは寂しいですな」

番頭が湯でぱしゃんと顔を洗いながら言った。

「はい、子どももおらんもんですから尚更です。親にも孫を見せてやれんくて、ときどき気が咎めます」

「なーに。あなたが立派に独立なさっただけで、充分ですよ。ご両親はどれほど喜んでおられることか」

会話が途切れると、森の静寂が二人を包み込んだ。

すると突如、番頭が歌いだした。

「♪友よ辛かろ　切なかろ　我慢だ　待ってろ　嵐が過ぎりゃ」

軍歌だろうか。どこか哀調を帯びた節回しだ。番頭は手拍子を打って歌い続けた。そして歌い終わると、「さ、お背中を流しましょう」と言って俊介を湯舟からひきずり出した。

番頭は俊介の背中を擦り、さっと掛け湯すると、

「次はわたしもお願いできますか」と回れ右をした。

俊介は番頭の丸くなった背中を擦りながら、どうにも摑みづらいところのある人物だ、と苦笑せざるを得なかった。

翌朝、目覚めると、すでに葉造の姿はなかった。向かいの番頭の部屋から、二人の笑い声が聞こえてくる。俊介が「おはようございます」と入って行くと、二人はもう何十年も前からの知己のように、茶を呑みながら談笑していた。

「お目覚めですね」と番頭が言った。「いま、朝食の支度をいたしましょう。その前に、これをあなたに差し上げます」

番頭が差し出したのは、星の形をした木彫りだった。穴に紐が通してある。

「……ループタイ？」

「ご名答。昨晩わたしが彫ったものです。籠目という古くからある図案で、竹編みからヒン

トを得ました」

「ありがとうございます」

俊介はループタイを首に掛け、木の留め具を喉もとまで締め上げた。やすりの掛かった木の感触がいい。

「素晴らしい手触りですね」

「一位一刀彫といいまして、飛驒の名産です。もちろんわたしのは素人の手すさびですが、あなたの東京調査がうまくいくように念じながら彫りました」

「ありがとうございます。調査のときに着けます」

「よかったの。徹夜で彫ってくれたんやって」と葉造が言った。「俺はもう一晩泊まって、いろいろ後始末していくけん、お前は先に帰れ」

「はい」

朝食を済ませると、番頭が駅まで送ってくれた。

俊介は時刻表と腕時計を見比べ、「電車は十五分後か……」とつぶやいた。

「それはロンジンですな」と番頭が言った。

「よくおわかりですね」

「そりゃ、わかりますとも」

電車が入ってくると、二人は別れを述べあった。番頭は姿が見えなくなるまで、手を振り続けてくれた。

電車はしばらく深山幽谷の中を走った。俊介は時おりループタイの留め具に触れて、木目の心地よさを愉しんだ。

長いトンネルを抜けると、人里があらわれた。

――帰れば、いよいよ東京か。

俊介は胸の中で、ループタイの紐をきゅっと締め直した。

# 四章　決戦

## 1973年、秋

俊介は東京二十三区の東部責任者に任命された。東京駅のある千代田区、銀座のある中央区、新橋から青山あたりまでを含む港区があり、二十三区の中でも最も重たい地域だ。

生活は葛西（かさい）のアパートで、ほかの調査員たちと起居を共にした。

両親は四ヶ月後に北海道へ移り住むことに決まった。ひとり小倉に残る未希は「俊さんも一年おらんことやし、うちも北海道に移住しようかな」と冗談を言って、俊介をあわてさせた。

大手新聞にアルバイトの募集を打った。わずかな広告スペースに百万円掛かったことに驚いたが、もっと驚いたのは八百名近い応募があったことだ。さすがに東京はスケールが違う。

俊介はすべての履歴書に目を通し、五十名のアルバイトを採用した。

小倉からも援軍が駆けつけた。いずれもベテランの調査員で、彼らがバイトを五人から十人単位で管理し、日々のチェックに当たる。

病床の永伍から、全社員にメッセージが届けられた。

「時間が掛かれば情報は古くなり、都心地図として用を成さん。カネは幾ら掛かっても構わんから、一気に仕上げろ！」

これが号砲となり、キョーリンは社を挙げて東京へ襲い掛かった——といえば聞こえはいいが、実際は恐怖の日々の始まりだった。

調査初日、俊介はアルバイトたちに画板一枚分の白地図を手渡しつつ愕然とした。名古屋では一枚に五百棟のビルしかなかったが、東京には一枚に五千のビルがある！

しかも名古屋にはほとんどなかった超高層ビルも多い。超高層ビルを調査するときはビルごとに別紙を用意し、各フロアをしらみ潰しに調べていく。これを「別記」と呼ぶ。丸の内の超高層ビルともなれば、一棟を別記するだけで丸一日を要した。毎日、アルバイト代だけで五十万円が飛んでいった。小倉の印刷部門もフル稼働だ。清書された地図が毎日、東京から届く。

俊介は毎朝、六時四十五分にアパートを出た。左手にはロンジンの腕時計、首には番頭から貰ったループタイ。神田にある事務所で調査道具一式を持ち、調査へ出発する。

事務所に戻ってくるのは夕方だ。それから戻って来たアルバイトたちの報告を聞き、進捗具合によっては、その場で人員やスケジュールを調整する。個々の調査員の能力や、土地柄を勘案しながら配置を考えるのは創造的な仕事だった。

それらが終わると、ようやく自分の時間がとれた。その日の調査成果を清書して事務所を出るのは、たいてい夜の九時過ぎだった。

アパートへ帰る前に、葛西駅の公衆電話から未希に毎晩電話を入れた。

「もしもし、俊さん？　お疲れさま」

この一言を聞くだけで心が落ちつき、一日の疲れを忘れることができた。

秋涼の季節に入ると、ずいぶんと歩くのが楽になった。

その頃、アルバイトの深沢が「相談があります」と言ってきた。大学でラグビーをやっている礼儀正しい青年で、秋葉原を担当している。

「名前が、入りきらないんです」

はじめ俊介は、何を言っているのか分からなかった。しかし深沢の差し出した調査地図を見てすぐに了解した。

「内藤電機有限会社」

「田中無線部品株式会社」

こんな店名で白地図が塗りつぶされているのだ。

「こげん店ばっかりなん？」

「ばっかりです」

深沢は弱りきった笑みを浮かべた。「東南アジアの裏路地みたいな所に、こんな店がたくさん並んでるんですよ」

白地図の一軒分のスペースは一、二センチ程度だ。想定しているのは「田中太郎」とか、せいぜい「五十嵐佐千夫」にすぎない。俊介はこの日本の中に、画数の多い八文字以上の屋号が数十軒も並ぶ場所があるなんて想像もしていなかった。

調査なら、できる。白地図を拡大すれば書き込めるからだ。問題は地図が完成したときだ。拡大したまま印刷に回すことはできない。その数十軒に数十ページを割けば、印刷費がかさんで定価に跳ね返ってしまうからだ。

「行こう。いまから」

俊介はその日の予定をキャンセルして、深沢と電気街へ向かった。

現場につくと、深沢の言う通りだった。間口二メートルに満たない店がずらりと並んでいる。どこも間口より店名の方が長いくらいだ。配線コードやソケットを売る専門店が多い。

俊介は部品街を一巡りし、「ふーむ。たしかにこれは難儀やな」と腕を組んだ。「ま、とりあえず昼メシにしようか。腹が減っては戦ができん」

二人は近くの定食屋に入った。俊介はサバ煮定食を、深沢は唐揚定食を注文した。

「それにしても、コードやソケットを売るだけで商売が成り立つんやな」

「自分も驚きました。誰が買うんですかね」

「町の電機屋とか工務店かな。いろいろな商売があるもんや」

そこから俊介は深沢にラグビー部の練習風景について訊ねてみた。骨折や脳震盪(のうしんとう)はあたりまえで、半身不随になる者までいるという。俊介は「へえ」とか「ほう」と相槌を打ちながらも、先ほどの部品街について思いを巡らせていた。

心には余裕があった。名古屋の地下街に比べたら、今回の問題は易しいはず。きっと自分は適切な答えを見つけられるだろうという予感があった。

それは意外なほど早くやって来た。サバ煮をつまもうと箸を伸ばした瞬間、

――あっ。

と閃いたのだ。

「どうしました?」と深沢が箸を止めた。

「わかった。こうすればいいんよ」

俊介は白地図の裏に鉛筆で記した。

電機→㋖
無線→㋰
株式会社→㋕
有限会社→㋴

「つまり、こうなる」

内藤電機有限会社↓内藤㊍㊓

「なるほど！」

「これなら通常の倍率で入るやろう。読者にわかりやすいように、全ページの耳に早見表を入れよう」

「凄いっス、合志さん。尊敬します！」

「なにを仰々しい」

俊介は謙遜したが、褒められて悪い気はしなかった。

「だって学校じゃ、こんなこと教えてくれませんもん」

「当ったり前や。こんなことで頭を悩ますんは、世界中でうちの会社だけやし。さーて、そうと決まれば早速調査や」

二人は手分けして調査を行った。慣れてくると簡略表記法が威力を発揮し、部品街の調査は一時間も掛からずに終わった。

「お疲れさん。俺はいったん事務所へ戻るけん、あとは頼んだぞ」

「わかりました。ありがとうございました」

深沢は厚い胸板が地面と平行になるくらい深々と頭を下げた。

駅へ向かう途中、街頭テレビに人だかりができていた。俊介は何事かと人混みの後ろからニュースに耳を澄ませた。

「先ほど、第四次中東戦争が勃発しました。くりかえします。先ほどイスラエルとアラブ諸国のあいだで第四次中東戦争が勃発し——」

なんとなく、肩透かしを食らったような気がした。遠い世界の戦争だ。まさかこの戦争が、キョーリンの東京攻略に暗い翳を落とすことになるとは思いも寄らなかった。オイルショックである。


二週間後、原油価格が七割上昇した。ついこのあいだ石炭から石油へエネルギー革命を終えたばかりの先進諸国はひとたまりもなかった。

日本政府は紙の節約を呼びかけた。これが群衆の不安心理をひきおこし、トイレットペーパーの買い占め騒動が起きた。百貨店はエスカレーターを休止し、ネオン街も早々に消灯、プロ野球は照明代を節約するためにナイターの開始時刻を早めた。ガソリンスタンドはまさかの日曜休業だ。

年が明けて一九七四年、物価は二割高となり、日本経済は戦後初のマイナス成長となった。巨視的にみれば、世界から「奇跡」と称えられた日本の高度経済成長はここでストップした。

一平が、東京に出てきた。

俊介と顔を合わせたとたん、「紙が、ないんよ」と暗い顔でつぶやいた。

東京調査は終わりに近づいていた。つまり、地図は製本段階にきている。

「九州にもないんか？」

「ない。やけん東京まで探しに来たに、こっちにもない。いや、あるにはあるが高い」

俊介はアルバイトたちが「最近、漫画雑誌のページが減り過ぎてつまらない」とコボしていたことを思い出した。

「じゃあ地図は出せんの？」と俊介は訊ねた。

「いや、出す。ええもんが出来たんや。出すに決まっちょん。やけど、これじゃ赤字もいいとこよ。むろん初版は採算度外視のつもりやったけど、さすがにここまでとは……」

一平の眼は窪み、大きな隈ができていた。永伍の容態も悪化の一途だという。

「毎晩、親方を見舞いよるんやってな」

「毎晩っちゅう訳やないけど、行けるときは行きよん」

「親方は結構、話せるんか」

「ああ。っち言うても、このご時世、話すのは昔の資金繰りの話ばっかりよ。あんとき誰が助けてくれて、誰が見捨てたか。どんな口上で借金して、利息は幾らやったか。俺の知らん話がいくらでも出てきよる」

「親方らしいな」

二人は初めて白い歯を見せあった。だが俊介は冗談の奥に隠された直向きな師事を見逃さなかった。これまで時代は常にキョーリンの味方をしてきた。しかしいま、初めての逆風に晒されている。一平は経営の大先輩である永伍に聞いておきたいことが山ほどあるのだろう。大病にも関わらず、病室で金策について語り合わねばならぬ父子の姿を想像して、俊介は胸が痛んだ。

「俺も小倉に帰ったら、今度こそ見舞いに行かしてもらうわ」

「そうか。それやったら早い方がいい」

と一平は不吉なことを言った。

調査開始から一年後、東京の調査が終了した。

一日百五十人×三百六十五日。

のべ五万人の目と足と手によって、二十三区の全建物と全氏名が書き取られた。

調査チームは解散した。といっても、すぐに改訂作業が始まるから短いお別れだ。

かわりに本社の営業チームが東京へ乗り込んできた。地図はできた。こんどは売る番だ。

俊介は小倉に戻った。次の調査地が決まるまでは内勤だ。会社から三日間の特別休暇を与えられたので、「どこか行きたいところないか」と未希に訊ねた。

「それやったら、できたばっかかの関門橋を見てみたいな。おっきいらしいんよ」

二人は休みの中日に門司へ出掛けた。関門海峡にたたずみ、ぴかぴかの橋を見上げると、恐ろしく高かった。橋下を大型船が通過するので海面から六十メートルあるという。長さもいまのところ東洋最長らしい。

「向こう岸、近いんやなぁ」

未希が目を細めて言った。「あっちにいる人の顔も見えそうやんか」

「あ、ほんまや」

目鼻立ちとまでは言わないが、性別くらいはわかる。俊介は幾度となくこの海峡を渡ったが、いつも海底トンネルの鉄道だったので、九州と本州がこんなに近いとは知らなかった。

「俺が九歳くらいのとき、ここの海底トンネルが大雨で水没してな。本州と連絡が途絶えたことがあったんよ」

「ふーん。でもこんなに近いんやし、泳いでも渡れそうやん」

「ところがここの海流はめちゃくちゃ速くて、流されてしまうんやって」

「ほんとう?」と未希が海面をのぞきこんだ。

「見ただけでは、わからんよ」

「でも橋が架かったから、ひと安心やね」

「ああ、よくぞ架けたもんや」

そう言って俊介は再び頭上をふり仰いだ。まるでこの橋はキョーリンのようじゃないか、と思った。九州の片田舎で興った地図屋が、本州に渡りをつけ、史上初の東京都心地図を完成させた。凄いことではないか。

それなのに……。

結局、一平は苦肉の策をとった。本来のB4判からB5判に縮小して用紙代を節約。定価はすこし高めの三千五百円に設定した。

営業攻勢が始まった。官公庁、銀行、不動産屋、百貨店、飲食店、酒屋。すべて門前払いが続いた。「高い」の一言で追い返されることが多いという。営業チームの雰囲気は最悪で、東京進出に反対していた者たちの「それみたことか」という口吻が聞こえてきそうだった。

改訂版に向けて、調査はすぐにでも再開される。だがこうも回収率が悪くては資金繰りに行き詰まることは目に見えていた。なにより、来期以降の展望が見えないのがきつい。

「なあ、未希」

俊介は海峡を見つめながらつぶやいた。「もしうちの会社が潰れたらどうする?」

「東京の地図、あかんの?」

「うん。さっぱり売れてないらしいんよ」

「それは残念やなぁ。でも、どうもこうもせんよ。もし会社が倒産したら、うちが生け花教室を大きくして、月謝も取って、俊さんとお義父さんとお義母さんを食べさせたる。それでだめなら、みんなで近江八幡に行こ。仕事くらい誰かが世話してくれるやろ。どうにかなるって」

「なるかな」

「なるよ、絶対」

そこからしばらく無言で海風に吹かれていると、じわじわと安堵がこみあげてきた。俊介はとても深いところで、自分が妻に支えられていることに改めて気づかされた。

ふと、両親の顔が浮かんだ。

「お袋たち、元気にしよんかな」

北海道へ発って、半年以上が経つ。

「元気よ。この前お義母さんと電話で話したけど、ニシン漬けが美味しいって言うてはったわ」

「寒いんやろうな、北海道は」

「うん。野菜も果物も玄関先に出しておけば大丈夫やから、冬は冷蔵庫いらずなんやって」

俊介は北の大地で肩を寄せあう両親を想像した。父は雪をかきわけながら調査に出ているのだろうか。母は買い物に行く途中で雪に足をとられて転んだりはしないか。未希と相談して、帰りにちゃんちゃんこを買って二人に送った。

翌日、俊介は永伍を見舞った。

病室に入っていくと、背広姿の一平がパイプ椅子に腰かけていた。

俊介は一平に「よっ」と手をあげてから、「親方、お久しぶりです」と頭をさげた。

「やあ、俊坊」永伍が後遺症に舌をもつれさせながら微笑んだ。目が落ち込み、からだも二まわりほど小さくなったようだ。

「そうじゃ。俊坊に行ってもらったらどうやろう?」

と永伍が一平に諮(はか)った。なんのことか分からなかったが、一平は「ふむ」と腕を組み、俊介にもパイプ椅子を勧めてきた。

「じつは、四国が酷いことになっちょるんよ」

一平が苦い顔で言った。「改訂版の調査をサボりよってな。『昔の地図のまんまやないか。カネ返せ』っちゅう苦情がたくさん来よる。香川では、ほぼ旧版のまま改訂版が発売された。隣の徳島の地図も怪しいところがたくさんある」

俊介はわが耳を疑った。四国は永伍が早い時期に傘下に収めた子会社が多く、いわばキョーリンのドル箱だった。ところがこの「敵失」を機に、かつてのライバル地図会社たちが再結集し、キョーリンのシェアを次々と奪っているという。

永伍が鋭い目つきになった。

「奴ら、組んじょるんよ。やけん、いったん全部潰さんといけん。ここは俊坊に行ってもらうのが一番っち思うが、どうな」

「そうですね」と一平が頷いた。「俊介、東京を終えたばかりですまんが、責任者として四国に行ってくれんか。いったん離れた客を取り戻すのは容易やないけど、俺もお前ならできると思うに」

「行かせてもらいます」

俊介は即答した。同時にぶるっと武者震いがきた。

「よっしゃ。肩書きは四国統括部長。待遇も部長待遇や」と永伍が言った。

「親方、それは……」

俊介はやんわりと辞退した。自分のせいで社の序列を乱してほしくない。

「いいんや。それぐらいの重責やし、敵地へ乗り込むのに軽い肩書きやと舐められる。五年も部長をやりよんような顔して行け。どうしてん嫌ちいうなら、手柄を立てて帰ってこい。そしたら課長に降格しちゃんけん」

俊介は白い歯をこぼした。久しぶりに永伍流の激励を聞けたのが嬉しい。

「それから、専務」

永伍が一平をふりむいた。

「はい」

「売れ残った東京地図は全て寄付しろ。警視庁、ガス、水道、電話会社。今年は役所の予算編成が終わっていたことが敗因や。いまからうちの地図を使ってもらえば、便利さに気づくはずよ。そしたら来年は予算に組み込まれるじゃろ」

「全て寄付でいいんですね」

「そうや」

「承知しました。それじゃ俊介、行こうか」

　二人は病院を出て、すっかり葉を落とした冬の街路地を歩いた。

「ずいぶん痩せたやろう」と一平が言った。

「ああ。やけど、あいかわらず頭脳は明晰やね。さすが親方、まだまだ大丈夫よ」

「そうやといいんやけど、日によってうんと違う。今日はかなりいい方なんよ。悪いときは一日じゅう横になって口もきかん」

「そんな日もあるんか……」

　俊介は空を仰いだ。時代の移ろいを痛切に感じる。どうやら歳月というものは足音もなく近づき、知らぬまに人々を押し流して行くものらしい。

「ところで四国行きの辞令は、来月のアタマくらい？」

「それくらいやろう。未希さんはどうする？」

「連れて行く。東京のときは我慢してもらったし、今回はどれくらい行くことになるか分からんやろ」

「すまんな。あっちに行ってもらったり、こっちに行ってもらったり」

「なーに、それが面白くて調査員になったんやんか。四国は久しぶりやし、どれ、会社で四国の原本でも覗いていくか」

「お前、今日は休みやろう」

「いいんよ。どうせやることもないし。あとで打ち合わせせん？」

「しよう。これから来客があるけん、一時間後でどうな」

「承知した」

俊介は一平と別れると、会社の倉庫へ向かった。これまで調査員が清書した数十万枚の白地図が保管されている。

問題のあった地域の改訂調査地図を探しだし、ぱらぱらと捲(めく)ってみた。改訂調査は住人が変わったかどうか調べるだけだから、新規調査よりずっと手間が少ない。住宅街なら「変更なし」を意味する「✓」が延々と続くことも多い。

とはいえ、いま見ているものはあまりにも「✓」が多かった。いくら人口流動が少ない地方都市とはいえ、手を抜いたことは明らかだ。ひょっとしたら改訂調査そのものを省いた可能性だってある。とすると、その調査費用はどこへ消えたのか……。

約束の時間がきたので、一平のもとを訪れた。

「まず人員刷新から始めねばどうにもなるまい」

と二人で作戦を練っていたところへ、

「専務、お電話です」と声がかかった。

一平は受話器を取った。しばらく相槌を打っていたが、

「なんですって⁉」

と突如大声をあげた。周囲の視線が一斉に集まった。

「もしもし！　どういうことですか？　もしもし！」

一平は未練がましい手つきで受話器を置くと、みなの心配そうな顔から逃れるように、

「ちっとういいか」

と俊介をつれて、会議室へ駆けこんだ。顔面蒼白だった。

「やられた。手形を盗まれた」

「なんやそれ。今の電話か？」

「ああ。『あんたの会社が振り出した手形を持っとる。これ、期日どおりに落ちるんやろな。一枚だけやないで』。そこで電話は切れた。大阪の金融屋と名乗りよった。誰かがうちの白紙手形を盗んで、売っ払ったんや。会社のハンコを押してな」

「すると、どうなるん？」

「払いきれん金額が書き込まれたものが、一枚でも銀行に持ち込まれたら即倒産や」

「えっ——」

絶句する俊介をよそに、一平は受話器を取ってどこかへ電話をかけた。

「もしもし、キョーリンの天沢です。頭取はおられますか？　そうですか。いまから緊急の用事でそちらに伺うとお伝えください。十五分で着きます」

一平は受話器を置くと、

「お前は親父のところへ行って、事態を説明しちょいてくれ。俺と頭取もおっつけ向かう」

「わかった。どこまで伝えればいい？」

「手形が盗まれて、すでに大阪の金融屋の手に渡っていること。そいつから探りを入れる電話があったこと。やけん、交渉の余地があるかもしれんこと」

「わかった」

俊介は病院へ取って返した。病室に入っていくと、外の景色を眺めていた永伍が不思議そうな顔をした。

「どうした。忘れもんか？」

「いえ、じつは――」

俊介が事情を説明すると、永伍の顔はみるみる険しくなっていった。

「ちっとう時間をくれ」

永伍はごろんと寝転がると、こちらに背を向けて、壁と睨めっこを始めた。

「席を外しましょうか？」

「いや、このままでええ」

俊介は黙って永伍の背中を見つめた。これまで、数えきれぬほどのピンチをくぐり抜けてきた男の背中だった。永伍が健在なうちに事件が起きたのは、不幸中の幸いだったかもしれない、と俊介は思った。

「ふーっ」

永伍がこちらに向きなおった。「今回ばかりはお手上げや。会社を潰した方が早いかもしれん」

俊介は息も止まるほどに驚いた。

「そんなに大変なことなんですか？」

「手形は百枚綴りや。全部に会社のハンコを押して、サラ金やパクリ屋に持ち込んだんやろう。バラで転売されてみい。百件の強請、タカリにいちいち対応せんといけん。九十九枚を示談に持ち込んだとしても、残り一枚に五百億と書かれて銀行に持ち込まれたら、不渡りで倒産で」

「そんなこと、可能なんですか？」

「可能もなにも、手形っちうんはそういうもんよ。一平はどうした？」

「いま頭取のところに。すぐ二人でこちらへ向かうと」

「そうか。うちの手形の換金場所はあすこの銀行やけんな」

「やったら頭取にお願いして、盗品やけん換金できんように——」

「あのな、俊坊」永伍がふっと笑った。「手形を銀行に持ち込んでくるんは、どうせ善意の第三者よ。それが盗品かどうかは、善意の第三者には関係ない。銀行は期日が来て、会社のハンコが押してあれば、うちの口座からカネを払うだけや」

俊介はようやく事の異常さを理解した。現金を盗まれるよりタチが悪いではないか。

「それにしても、誰が盗ったんやろう……」

永伍のつぶやきに対する答えを携えて、二人が到着した。

「関根の仕業です」

開口一番、一平が告げた。

「関根か……」

永伍は意外そうにつぶやいた。関西支社長をつとめていた男で、二日前から行方不明になっているという。会社に対してよほど腹に据えかねることがあったか、それともカネに困っていたか。いまは動機を詮索しても始まらない。

「大変なことになりましたな」と頭取が言った。「どうします?」

「潰した方が早いんと違うか」と永伍が言った。

「それも一つの手でしょう。やったら、なるべく早い方がいい。奴らが手形に巨額を書き込んで『債権者です』と乗り込んできたら、倒産整理で財産のほとんどを持って行かれてしまう。だったら先手を打って――」

「計画倒産か」永伍が言った。「それもありやな」

「ちっとう待ってください」

一平が割って入った。

「東京地図を売り出したばかりやないですか。いまはタネを蒔いておる時期です。倒産したら元も子もなくなるし、取引先にも迷惑を掛ける。存続の方向で考えませんか」

「どうするつもりなん」と永伍が訊ねた。

「手形を回収します」

「できるか」

「できます」

「でけんやろう」

「できます」

「一枚でも回収し損ねたら倒産やぞ。それに相手はヤクザまがいの魑魅魍魎(ちみもうりょう)じゃ」

「わかってます」

「家族はどうする」

「守ります」

「そうか……」

重い沈黙がおとずれた。

やがて永伍は、病身のどこにそんな力を隠していたのだろうと訝しむほどの気力を眉間に漲らせた。

「よっしゃ。そこまで言うならやってみい。会社を継ぐのはお前や。やってみて駄目やったら潰せばいい。都合できるカネはすべて回す。頭取、一枚あたり最大三百万の予算で買い戻したい。計三億、追加融資をお願いできませんか」

「三億、ですか……」

「わたしへの香典と思って」

「香典にしては高すぎる」

「それじゃ冥途の土産に。どうか頼みます。この回収を見届けんかぎり、死んでも死に切れん」

「わかりました。検討しましょう。うちもいまキョーリンさんに潰れてもらっちゃ困りますからね」

「ありがとう。それから、一平。社員は使っちゃいけん。お前ひとりでやれ」

「わかりました」

「そういう訳やけん、俊坊。お前だけは一平の相談に乗ってやっちょくれ」

「承知しました」

その晩、俊介はなかなか寝つけなかった。巨額投資した東京地図はさっぱり売れず、ドル箱の四国シェアは次々と奪われ、手形が持ち逃げされた。

倒産。この二文字が現実味をおびて迫ってきた。第一回目の組合団交が近づいており、一平はここでも矢面に立たねばならない。

すべての根っこにある原因はわかっていた。

〝偉大なる創業者の不在〟

つまり、一平の足元が見透かされているのだ。

俊介は十六年前の約束を思い出した。

〈一つ、友のピンチは助けること〉

考えてみれば、今が一平の最大のピンチだ。今こそクスノキの誓いが発動されるべきではないか？　躊躇（ためら）いはなかった。翌朝、俊介は湯太郎に電話を入れた。湯太郎は二十四歳で司法試験に合格し、いまは東京の日比谷にある弁護士事務所に勤めていた。

「もしもし、湯太郎か。忙しいところ済まんな」

「久しぶりやん。どうした？」

「じつはうちの会社の手形が盗まれてな——」

二日後の日曜、湯太郎は小倉へ駆けつけた。黒革の大きなカバンを持つ姿は、颯爽（さっそう）とした若手弁護士そのものだ。会うたびに顔立ちが研ぎ澄まされていくのは、よほどの激務だからだろう。

「悪かったたな。忙しいんやろ」と俊介は言った。

「どうってことないよ。とにかく一平のうちへ行かんね」

「ああ、行こう」

自宅を訪れると、一平が和服姿で出てきた。

「あれ、湯太郎？　よう来たな。まあ上がっちょくれ」

書斎へ通されると、文机（ふづくえ）に書きかけのメモがあった。金額が書き込まれているところを見ると、手形の回収案かもしれない。

「いま、家族はちょっと出かけておってな」

と言って、一平は自らお茶を淹れてきた。

「俊介から聞いたよ」

湯太郎が言った。「大変なことになったたな。うちの法律事務所は民事専門やけん、いろんな情報が入ってくるけど、最近はこの方面で面倒なケースが増えよんのよ」

「っちいうと？」一平が身を乗りだした。

「一言でいうと、ヤクザが民事に介入してくるようになった。クルマの保険詐欺、示談屋、倒産整理、競売屋。いずれもバックは暴力団や。奴らのあいだでは、賭博や売春より民事で儲けるのがスマートな稼業（シノギ）と思われちょんらしい。法律も、つくられた当初はヤクザが民事介入してくるなんか想定しちょらんけん、抜け穴だらけで。警察はなんもしてくれんぞ。先方から二度目のコンタクトは？」

「あった。向こうは『二十枚持ってる』っち言うちょった」

「嘘や。それが奴らの手なんよ。情報を小出しにしてくる。盗まれたのは百枚で間違いないか？」

「間違いない。親父とは、奴らが買い取った金額の二、三倍も出せばカタがつくやろうっち話した。やけん、一枚につき三百万用意した」

「もう提示したん？」

湯太郎の声が焦りを含んだ。

「まだや」

「よかった」

湯太郎が小さな肩を下げた。

「最終的には買い取るしかないけど、金額は化かし合いや。二十枚いうんも嘘で、手形を小出しにして、こちらが幾らまでなら出すか見極めよんのや。初めの業者に三百万出したら、『キョーリンは三百万まで出しますよ』ち手の内をバラしようなもんよ。今後もいろんな業者が『お宅の手形を持ってる』ち言ってくると思うけど、敵は通じてると思っちょった方がいい。本尊は一つや」

「なるほど、危ないところやったな」

「とにかく被害を最小限に食い止めよう。百枚で三億はキツイやろ？」

「キツイ。東京の調査でも三億借りた。その東京も軌道に乗るまではカネ食い虫や」

「相手は大阪の金融屋と名乗ったそうやな」

「ああ」

「俺を交渉窓口にしてくれんか。それならちょくちょく相談に乗れるし、うちのボスにもいろいろ訊ける。費用も負けてもらう」

「いいけど、お前そんなことして大丈夫なん？」

「あんときの約束を忘れたか」湯太郎が白い歯を見せた。「駆けつけた仲間に遠慮しちゃいけん。お前にさんざんそう言われて、俺は世話になったんやんか」

「そうやったかな」

と一平も微笑んだ。「そんなら頼むわ。こっちも東京の弁護士事務所がついてくれるなら心強い。お前んとこのボスには、いつ挨拶に行けばいい？」

「そんなんはあとでいい。いまは回収が先や」

「うむ。じつは今度の水曜に、奴らと大阪で初顔合わせがあるんよ」

「来週の水曜か……」

湯太郎は手帳をとりだしてスケジュールを確認した。「承知した。その週は大阪にへばりつこう。ところで明日の朝イチ、頭取に会えんかな？」

「会ってどうするん？」

「できれば頭取にも大阪へ来てもらいたい。カードは一枚でも多い方がいい」

「わかった、セットする。ほかに欲しいカードは？」

「うん……そうやな」

「あるなら言いよ」

「これは言っても詮無いんやけど、奴らは幾らで手形を買い取ったんかな。それが分かれば、今後かなり有利に交渉を進められるんやけど」

「買い取り金額か。たしかにそれは難しいな……」

黙りこむ二人の傍らで、俊介はふと思いつきを口にした。

「なあ、こういうんはどう？　俺が百枚綴りの白紙手形を持って、大阪のどこかの金融屋に持ち込むんや。そうすれば、だいたいの金額がわかるんと違う？」

「なるほど！」二人が同時に叫んだ。

「潜入捜査やな。すぐにやろう」と一平が言った。

翌日、俊介は白紙手形を懐に、湯太郎と一緒に汽車に乗った。

「お前はこのまま東京へ帰るんやろ」

「いや、僕も大阪でいったん降りて、大阪府警で暴力団の組織図を見せてもらう。過去の抗争や友好関係なんかを頭に叩き込んじょくんよ」

「そんなん、借りられるん?」

「うちのボスは顔が広くてね。話をつけてくれたんよ」

「たいしたもんやな、東京の弁護士事務所のボスともなれば。でもお前、こんなこと引き受けて大丈夫やったん? 忙しかったんやろ」

「忙しくないと言えば嘘になるけど、いまの僕があるんは永伍社長のお陰や。その恩にちっとうでも報いたいんよ」

湯太郎とは大阪駅で別れ、俊介はとりあえず梅田の繁華街をうろついてみた。金融屋なるものがどこにあるのか、見当もつかなかった。ビルや電柱の看板を見上げながら歩いていると、電話ボックスにサラ金のビラが貼ってあるのが目に入った。

——掛けてみるか。

俊介は適当なビラを選び、十円玉を入れて番号をプッシュした。

「はい、北川ローンです」と男が出た。

「じつは、とある会社の白紙手形を百枚持ってるんですが、買い取ってもらえませんか」

「へっ? 手形?」

「はい。ハンコも押してあります」

「……どこの会社のものですか」

「キョーリンという小倉の会社です」

「ちょっとお待ちください」

ガタン、と受話器を置く音がし、しばらく待たされた。男はなかなか戻ってこなかった。

俊介は十円玉を二枚追加した。

「お待たせしました。うちでは取り扱ってへんのですが、もしアレならほかを紹介しますよ」

「お願いします」

番号を教えてもらい、その番号に掛けると、「はい」と男が出た。屋号を名乗りもしない。

俊介は事情を説明した。

「とにかく、いちど会おうやないか」

男はきつい関西訛りで言った。土地勘がないことを告げると、近くの百貨店に入っている喫茶店を指定された。

俊介は先に店について待った。やがて紫色の背広を着た、おそろしく太った男が現れた。きょろきょろ店内を見回すので、軽く手を挙げて視線を送ると、男はダンプカーみたいに客のテーブルを掠めながらやって来た。

「いやー、今日は一段と混んどんな。どうも、大牟田(おおむた)です」

五十歳の手前くらいだろうか。左手の小指がなかった。瞬間、飛騨の番頭を思い出したが、世捨て人のようだった彼に比べると、目の前の男は禍々しいまでの活力に充ちていた。

「どうも、合志です」

「合志さんね。早速やけど手形は？」

俊介はためらいつつも手形を渡した。

大牟田は「ふーん」と矯めつ眇めつしたあと、「これ、どうやって手に入れたん？」と目を細めた。もともと細い目が更に細くなり、感情が読み取りづらい。

「言えません。買って頂けますか」

「お宅はここの会社の人？」

「それも言えません」

「なんでもかんでも秘密じゃ、こっちも困るがな。せめてあんたが持ち出したもんか、それともほかの人間から手に入れたもんか、それだけでも教えてや」

「と言われましても……」

「こっちもニセモノやないという状況証拠が欲しいんよ」

「会社のハンコが押してあるじゃないですか」

「んなもん、わかるかい。あんたも換金したいんやろ。お互いのためや」

「……わたしが持ち出したものです」

「なんで？」

大牟田は猜疑心を隠そうともしなかった。こんな商売をしている男だから、人間性悪説の熱烈な信奉者にちがいない。

「女か？」

一転して、大牟田は卑しい笑みを浮かべた。俊介は無表情のまま答えた。

「買って頂けますか、頂けませんか。時間が掛かるようなら、東京へ出て向こうで換金するつもりです」

「なんぼ要るん？」

「幾らになります？」

「手形なんて、百枚でも一枚でも一緒やで」

鵜呑みにはできないが、これは理に適っているような気がした。パクリ屋にしてみれば、一枚に五十億と書き込もうと、百枚に五千万ずつ書き込もうと同じことだ。要は、手形の発行元からどれだけカネを引っ張れるかが問題なのだ。

「ま、明日また会おうやないか。こっちもキョーリンについて調べる時間が欲しいねん。どこに泊まってるん？　連絡するから部屋番号教えて」

自然に訊かれたので、つい答えそうになったが、俊介はここで初めて自分が危機的な立場に置かれていることに気づいた。百枚綴りの白紙手形には億単位の価値がある。大牟田たちにとっては、あきらかに俊介の命よりも重い。

「まだ決まってません。あすの十一時にここでいかがですか。そのとき条件を提示して下さい。折り合わなければ、その足で東京へ向かいます」

言い方が気に障ったのか、大牟田はぴくんと頬を引き攣らせたが、すぐに感情の読み取れない表情に戻り、ええよ、と投げ捨てるように言った。

翌日、喫茶店で待っていると、大牟田が黒い背広で現れた。体を覆う布の面積が大きいので、岩石みたいな印象をうける。

「おはようさん。なんや知らんけど、昨日より席と席のあいだが狭くなったような気がせん？」

「どうでしょう。ご検討いただけましたか。あまり時間がないのですが」

「ま、そう焦らんと」

大牟田はアイスコーヒーを注文し、タバコに火を点けた。

「で、お幾らです？」と俊介は訊ねた。

「せっかちやな、あんたも」

大牟田は自分のタバコの煙に片目を細めた。

「本当に時間がないんです」

「わかった、わかった。せっかくやし、百枚まとめて頂こうと思っとんねん」

「金額は？」

「これや」

　大牟田が人差し指を一本立てた。

「つまり？」俊介は眉間にシワを寄せた。

「わからん？」

「わかりません。はっきりおっしゃってください」

「百万や」

「すると、百枚で一億――」

　俊介は目の前が暗くなった。買い戻すにはその数倍かかるという。三億借りた永伍の読みは正しかったのだ。

「ジブン、冗談もいけるクチなんやな」

「といいますと？」

「一式で百万に決まってるやろが」

「えっ、百枚で百万⁉」

　思わず明るい声になってしまい、「なんや、嬉しそうやな」と大牟田に訝しがられた。

「そんなことありません。でも、本当にそれくらいにしかならないんですか」

「ならんよ。これでも頑張った方や。これは親切心で言うんやけど、そんな物騒なもん、さっさと手放したほうがええで。このへんには悪い奴が仰山おるから、ロクなことにならんよ。ほな、書類のこともあるし、ちょっと事務所まで行こか。すぐそこや」

大牟田が席を立つ素振りを見せたので、

「ちょっと待ってください」

と俊介は引き止めた。「百万じゃ、このさき生きていかれません」

大牟田はあからさまに落胆の色を示した。

「なんや、これで一生食っていく気やったんか。それはムシが良すぎるで、あんた」

「とりあえず東京で査定してきてからでもいいですか」

「アカン、アカン。さっきも言うたやろ。きっと手形パクられて、ヘタしたらあんたは海の底や。いや、ホンマに」

「でも、もう少し色をつけて貰えませんか。今後の生活が心配なんです」

大牟田が憐憫の色を浮かべた。

「そうか……。うん、せやな。あんたも必死の覚悟で持ち出したんやもんな」

あながち芝居とも見えず、俊介はあやうくこの男を信頼しそうになった。

「よっしゃ。一式で百二十五。これでどや。出血大サービスやで」

「ありがとうございます。では、最後にもう一度だけ考えさせてください。八時。今晩八時に必ず電話しますから。そのときお返事させてください」

「わかった」

大牟田はあっさり引き下がった。「ほな、電話待ってるで」と言って、珈琲代まで払ってくれた。

夜七時、大阪入りした一平と湯太郎が俊介のホテルを訪ねてきた。俊介はこれまでのやりとりを伝えた。

「百枚で百二十五万？　なんなんそれ？」

一平が拍子抜けしたように言った。「そんなんで買い叩かれたとしたら、買い戻すのは、案外簡単かもしれんな」

「いや、油断は禁物や」と湯太郎が言った。「とにかく海千山千の奴らやからな」

俊介は時計を見た。十九時四十三分。

「八時に電話せんといけんのやけど、なんち言おう？」

「最後にカマをかけちゃろう」と湯太郎が言った。「東京の業者がケタ違いの値をつけてきたと言うんよ。どうせもう会わんのやし」

「わかった」

俊介は二人の前で電話を掛けた。

「あ、合志です。昼間はどうも」

「早いな。まだ十五分前やんけ」

「すみません。じつは仲間が東京の業者にあたったところ、かなりいい額をつけてもらえたそうなんです」

「ふーん、仲間ね……。で、ナンボやって?」

「ちょっとケタが違うようなことを言ってました」

はあ、と大きなため息が聞こえた。「だから昼間教えたやろ。それはあんたをおびき寄せるためのエサなんよ」

「でも、こちらも今後の生活がかかっていますので、申し訳ありませんが今回の話は――」

「待て待て。あんた死にたいんか」

「大丈夫だと思います」

「困ったお人やな。そんな連中、人なんかすぐ殺すで。わかった。ちょっと待っててや。絶対に切ったらあかんで。ちょっとだけやからな」

数十秒後、電話口から「いやー、すまんすまん」とあっけらかんとした声が響いた。

「合志さん、ほんっまにゴメンな。俺、勘違いしとったわ。手形は小倉のキョーリンで間違いないよな? 地図会社の」

「はい、間違いありません」

「俺としたことが! 焼きが回ったかな。そんなら格付けが違うわ。一枚あたり二十万、百枚で二千万。これでどや」

俊介は「はあ」と生返事した。そして大牟田が恐ろしくなり、一方的に電話を切った。

「どうやった?」一平が訊ねる。

「一瞬で二千万に跳ね上がりよったわ……」

三人は言葉を失った。

翌日、手形を持っている男たちと初顔合わせがあった。三人はネクタイを締めて、梅田の大きなホテルのラウンジへ出向いた。

約束の時間に、二人の男がやって来た。

一人は金縁メガネの男で、「宝徳商事の竹中です」と名乗った。メガネの奥は業の深そうなふてぶてしい目つきで、大牟田と同じように左の小指がなかった。

もう一人は映画から抜け出してきたようなチンピラ風情で、名乗りもしなかった。

湯太郎が名刺を差し出した。

「広岡法律事務所の庭井と申します。わたしが本件を担当します」

「ほう、東京の弁護士さんでっか。それはそれは」

と竹中は余裕しゃくしゃくに振るまった。

「早速ですが、手形を入手した経緯をうかがえますか」と湯太郎が言った。

「どうもこうもない。たまたま持ち込まれただけです」

「何枚お持ちですか？」

「二十枚」

「本当に二十枚だけですか。盗難手形を小出しにするのはよくある手口ですが、あまり賢いやり方とは言えませんよ」

「おもろいこと言う弁護士（センセ）やな。それはそっちに都合のええ言い分やろ。たとえ九十九枚まで買い戻せても、最後の一枚に大金を書き込まれたら困るもんな」

「その場合、こちらには二つの選択肢があります。一つは会社を倒産させること。払えないものは払えませんから。そのときは手形もただの紙切れになります。お宅がいくらで仕入れたか知りませんが、大損ですね」

竹中からふっと表情が消えた。稼業者の険しい地金を覗かせ、「もう一つは？」と鋭い目つきで訊ねてきた。

「もう一つはそろそろ……。あ、来た来た」

ラウンジの入口に頭取の姿があった。汗を拭きつつ、こちらへやって来る。

「いやあ、申し訳ない。すっかり迷ってしまって」

「こちらこそご足労頂きまして。ご紹介します。こちらは西九州銀行の頭取。それでこちらが手形をお持ちの竹中さん」

二人は黙礼を交わした。月とスッポンほどに違うが、どちらも「金融関係者」であることに変わりはない。

「で、先ほどの話の続きですが」

と湯太郎が言った。

「二つ目の選択肢はこうです。支払い不可能な金額が書き込まれた手形が、換金場所である西九州銀行さんに持ち込まれた場合、われわれはただちに異議申立金を積み、手形交換所に支払いを凍結してもらいます」

「凍結してどないしまんねん」

「裁判を起こします」

「でもたしか、異議申立金はそれなりの額が必要でしたな。百億の手形を持ち込まれたらどないします？　失礼ながら、キョーリンさんにそんなカネはないでっしゃろ」

「ところが、あるんです」と湯太郎が言った。

頭取が大きく頷き、口を開いた。

「異議申立金は現金が必要なわけではありません。書類上の融資で済みますから、うちは裁判が終わるまでキョーリンさんに無限融資します」

「無限？」竹中が眉を顰めた。

頭取は怯まず、「はい」と竹中の目を見つめた。「キョーリンさんは九州財界の宝です。こんなことで潰されて欲しくないんです」

湯太郎が話を続けた。

「裁判は何年も掛かりますよ。というよりも、掛けてみせます。うちは負けません。万が一負けるにしても、五年後や十年後まで引っ張ります。金額も一枚せいぜい数十万程度かな。それならこちらが勝ったようなものだ。そちらは弁護士費用や手間を考えたら大赤字でしょう。竹中さんには公判のたびに東京へ来て頂きますよ」

「ようできたお伽噺でんな」

「お伽噺じゃありません。いくつか判例があります」

湯太郎は紙束をとりだし、どさっとテーブルの上に置いた。

「どうぞご覧ください。その上でやるというなら、相手になりますよ。どうしますか？」

竹中は判例集には目もくれず、「ちっ」と大きく舌打ちした。するとそれが合図だったかのように、それまで湯太郎を睨みつけていた手下が凄んだ。

「こらワレ、さっきから兄貴になんて口きくんじゃ。ええ加減にせえよ、このチビが！」

「交渉に身長は関係ない」

湯太郎は相手を睨みかえした。

「はは、怒ったんかい。僕ちゃん、ネクタイはママに締めてもらったんか？　ええ？」

「黙れチンピラ。俺は東京でさんざん大物を相手にしてんだ。お前みたいな田舎ヤクザに舐められてたまるか。ちんけなパクリ屋が生意気な口をきくんじゃない」

「な、なんやとワレ、いわしたろか！」

「黙っとけ」

竹中が顔を顰めて制した。

「すんませんね、センセ。うるさいの連れてきてもうて。話を戻しましょ。肝心の値段を聞くのを忘れてました。二十枚でお幾らです？」

「一枚あたり二十万で買い取らせて頂きます」と湯太郎が言った。

「んなアホな」

「九十九枚までは、その程度しか出せませんよ」

「ほう。百枚なら？」

「そのときは期待してください」

「そうでっか。なら正直に言いましょ。私もここらじゃ古い人間だ。八十五枚くらいなら、揃えられるかもしれんよ」

「残りの十五枚は？」

「知りませんな」

「それじゃダメです。こちらが金額交渉に応じるのは、あくまで百枚揃いの場合だけ。それ以外は、あなた方には三つの選択肢があります。一つ、一枚二十万でこちらに売る。二つ、裁判で延々と争う。三つ、キョーリンを倒産させる」

いずれを選んでもそちらに儲けは出ませんがね、と湯太郎は付け加えた。

初顔合わせはここで終わった。

先方と別れたあと、三人は小倉へ帰る頭取を駅まで送った。

「ありがとうございました、頭取」と一平が頭を下げる。

「あんなんで良かったんかな」

「ばっちりです」と湯太郎。

頭取を見送ったあと、お茶でもしようということになった。

「やけん、ここは敵地や。どこにあいつらの目耳があるかしれんから、俺の部屋に行こう」

と一平が言った。

ホテルの部屋に入ると、三人は「ふーっ」とネクタイをゆるめた。

「それにしても、『黙れチンピラ』には恐れ入ったぞ」

一平がBGM代わりにテレビをつけながら言った。

「ボスに言われちょんのよ。『ヤクザを相手にするときは理屈よりも気合や。どうせ弁護士に手出しはせん』っちな」

と湯太郎は涼しい顔で答えた。

「ところでさっきの話やけど、もし裁判になっても負けんの?」と俊介が訊ねた。

「一審は必ず負ける。手形の形式だけで判断するけんな。キョーリンのハンコが押してあって、日付と金額と裏書が入っていれば、形式的な正しさは疑う余地がない。勝負は二審からや。そこで初めて『どうやって持ち出されたか』が争点になる。こちらは『違法に持ち出されたものだ』と証明せんといけんが、それが非常に難しい。奴らは善意の第三者を立ててくるけんな。手形を盗まれたら泣き寝入りするケースが多いんは、そのためなんよ。さっきのやり取りには多少のハッタリも含んじょったけど、奴らもさっさとカネにしたいから、交渉の余地はあるはずや」

「いずれにせよ、長引くやろうな」

ベッドに腰をおろして一平が言った。「やけん、俊介はそろそろ四国へ飛んでくれんか。あっちも気が気やないんよ」

「うん……そうやな」

「潜入捜査は本当に助かったぞ。ありがとう」

俊介はもっと一緒に闘いたかったが、これ以上ここに自分がいても、役に立たないことは確かだろう。残念だが仕方あるまい。

ぼんやりテレビ画面を見やると、見たこともない太った関西芸人が「なんでやねん！」と声を張り上げていて、ふと大牟田のことを思い出した。あの巨漢はいま頃どうしているだろう。俊介から連絡がないことにヤキモキしているか。それとも案外あっさり諦めたか。どことなく憎めない雰囲気の男だった。

「なあ」

俊介は二人に呼びかけた。

「俺が潜入捜査した相手は大牟田さんって人なんやけど、その人をこちらの交渉窓口に据えてみるのはどう？　蛇の道はへビっち言うやろ。案外そっちの方が、早く片付くかもしれんよ」

「ほう、毒をもって毒を制すっちゅうわけか……」一平が腕を組んだ。

「裁判が長引けば一平の負担も増えるやろうし、さっさと終わらせたいやろ、こんなこと」

「まあな。湯太郎はどう思う？」と一平が訊ねた。

「その男は、ヤクザ？」

「たぶん」と俊介がうなずく。

「でもまあ、買い戻すときの書類さえきちんとしてたら、問題はないと思うよ」

「それなら一度アタックしてみる価値はあるかな。玄関と裏口の両面作戦や。その大牟田さんに連絡を取ってくれ」

大牟田とは梅田のレストランで落ち合った。やって来るなり大牟田は、「そちらさんは？」と表情を変えた。

「はじめまして、キョーリンの天沢と申します」

一平が立ち上がって名刺を差し出した。湯太郎も「顧問弁護士の庭井です」と頭を下げる。

大牟田はぽかんと口をあけた。

俊介は立ち上がって深々と頭を下げた。

「申し訳ありませんでした！　わたしはキョーリンの者で、白紙手形の相場を探るために、大牟田さんにお会いしました。それをお詫びした上で、ご相談したいことがあるのです」

大牟田の細い目が、奥の方で冷たく凍てついた。俊介は続けた。

「うちの関西支社長が白紙手形百枚を盗み、大阪のパクリ屋に売り払いました。いま八十五枚は宝徳商事の竹中という人の手にあります。本当に八十五枚しかないのか、それとも残りの十五枚は今後の強請のために温存しているのか、真相はわかりません。われわれはどうしても百枚を回収せんといけんのです。やけん、大牟田さんに交渉の窓口となって頂き、お知恵を拝借したいんです」

「人をダマしといて、ずいぶん虫のええ話やな」

「申し訳ありません」

「合志さんやっけ。これは本名なん？」

「はい。ご挨拶が遅れまして」俊介は名刺を差し出した。

「ふーん、調査部か。調査部ってこういうことをするとこなん？」

「いえ、普段は家の表札を書き留めるのが仕事です」

「話はわかったけど、俺が竹中とつながるとは考えんの？」

「もちろん考えました。でも、大牟田さんはそんな人やないと思うんです。こちらが誠心誠意でぶつかれば、応じてくれる人やと」

「スパイしといて、なにが誠心誠意や」

「すみません」

「で、ナンボや？」

「なにがです？」

「だからわしがあんたらの軍師について、無事百枚を回収できたら、報酬はナンボになる？」

「お幾ら払えばよろしいでしょう」

「またこっちから言わすんかい」

「すみません、本当にわからなくて」

「話を聞くかぎりでは、奴らの手元に八十五枚あるのは間違いない。ただし残りの十五枚は本当に売っ払った可能性がある。これを取り戻すのは難儀やでぇ。あんたら、ナンボまでなら出せる？　もう隠し事はなしで頼むわ。こっちかて調停役を買って出たら、同業者を敵に回す可能性もあるんやし」

「正直に申しあげます」

一平が言った。

「こちらが用意したカネは、一億。そこまでなら、高い授業料と思って諦めます。それ以上掛かるようなら、会社を倒産させます。これが当社の最終判断です。報酬の件ですが、百枚を一億以内で回収できたら、残りはすっかり大牟田さんへ差し上げます」

「つまり、三千万で回収できたら、七千万がわしの取り分」

「そうです」

「九千九百万かかったら、わしの取り分は百」

「そうです」

「おもろい、乗った！　わしがキョーリンの全権大使っちゅうわけやな。宝徳の竹中が相手か、腕が鳴るわい」

「ご存じなんですか」と俊介が訊ねた。

「ああ。古いダチがあいつと兄弟分でな。となると、初動経費がいるな」

「いかほど必要ですか」と一平が訊ねる。

「とりあえず、百」

「わかりました。明日の朝イチでお届けします」

「あと、今後あんたのとこに倒産整理屋をはじめ、有象無象がいろんなことを言うてくるはずや。一切相手にしたらあきまへんで」

「承知しました」と一平は頷いた。

　この晩をもって、俊介は本件から外れた。小倉に戻ると、すぐに四国行きの辞令が出た。

俊介は未希をともなって香川へ赴任した。

一平からは定期的に報告が入った。

「大牟田さんが頑張ってくれよる」

と聞けば喜び、

「ちっとう雲行きが怪しくなってきた」

と聞けばやきもきした。

最終的に事件が解決したのは半年後のことだった。

結局なんだかんだと理由をつけられ、二千万を追加したという。合計で一億二千万円。最大で三億を覚悟していたことを思えば、まずまずの結果と言わねばなるまい。

一平の総括はこうだ。大牟田がうまく立ち回ってくれたようにも思えるし、やはり途中から敵方と通じ合ったようにも思える。真相は藪の中だ。

取引のあと、大牟田は一平にこんなことを言ったらしい。

「竹中はんが言うとったで。『もし俺がパクられたら、あの小(ち)っさいセンセに弁護をお願いしたい。あんなに肚(ハラ)の据わったセンセは初めてや』って。わしのときも頼むわ」

一平が任務完了を告げに行くと、永伍は「無事だったか」と涙を流して喜んだという。これが、永伍の心を安からしめたのかもしれない。間もなく旅立った。

「地図の空白地帯を埋めよ」

これが永伍の最期の言葉となった。

葬儀には北海道から葉造と花奈も駆けつけた。

「じつは先々週、見舞いに行ったばっかりやったんよ。永伍から連絡があっての。虫の報せやったのかもしれん」と葉造が言った。

「親方、なんか言うちょった？」と俊介は訊ねた。

「お前のことを褒めちょったぞ。あの調子でやれば四国の再建はうまくいくっち」

「そう……」

俊介は香川支社で女性調査員の積極的な登用を進めていた。立て直しは緒に就いたばかりでまだ自信はなかったから、永伍のお墨付きは心強かった。

「北海道はどうよ？」

「だだっ広い。地元の消防団の人に教えられながら、家を一軒ずつ拾っちょん。そうでもせんことには、何年経っても終わらんわ」

「でも、もともと開拓地やったけん、みんな開放的でさっぱりしちょんのよ」と花奈が言った。

読経と焼香が始まった。

ひと巡りすると、頭取が弔辞に立った。

「永伍さん。あなたは住宅地図の普及に東奔西走し、心身を焼尽しました。復興の時代を息もつかず駆け抜けたのは、見事と言うほかありません。あなたの仕事は改訂され続ける地図と共に、不朽のものとなるでしょう。いまやその夢は、一平くんに引き継がれました。ようやく枕を高くして眠れますね。さようなら、永伍さん。わが良き友よ」

一平は遺影を胸にかかげ、ぐっと唇を嚙みしめていた。そこから少し離れた所で、湯太郎が人目も憚らずに泣きじゃくっていた。俊介も目頭が熱くなった。親方は俺たちにとってもオヤジやったんや、と思った。

葬儀のあと、全社員を講堂にあつめ、一平の社長就任演説がおこなわれた。

「われわれの仕事は誰にも真似することができません。足で稼ぐ泥臭い仕事だからです。けどそうやって作られた地図は、全国民の生活と経済の基盤になっています。ヘルマン・ヘッセはこう言っています。『自分の道を歩む者は、すべて英雄である』と。この気持ちを忘れずにやっていきましょう。これからもよろしくお願い致します」

若き社長が頭を下げると、社員たちも一斉に頭(こうべ)を垂れた。

# 五章　真実

## 1984年、秋

十年が経った。

俊介は横浜で支社長をつとめていた。準備をおえて調査に出ようとしたとき、電話が鳴った。人が出払っていたので俊介が受話器を取った。

「もしもし、あれ、俊さん？　ごめんね、お仕事中に。いま病院から掛けてるんやけど、今度の週末、小倉（こっち）に帰って来れる？　お義父さんのことで、月曜の午前中に先生（センセ）と会って欲しいんよ」

「何かあったん？」

「夏ごろから咳と痰が止まらなくて、検査したらレントゲンに影があるって」

「どこに？」

俊介はメモをとるために受話器を左手へ持ち替えた。三年前に引退した葉造は今年で六十八歳。何かあってもおかしくない年頃だ。

「まだ詳しくはわからへんのやけど、『ご家族に会いたい』って先生が。お義父さんには内緒よ」

「わかった」

俊介は電話を切ると、やはり来たかとつぶやいた。今年は四十一歳の本厄。つねに災厄に備えてきたが、敵は思わぬ方角から攻めて来た。俊介は手帳を繰り、週明けの予定を全てキャンセルした。

それから週末までの時間は長かった。葉造の顔が浮かぶたび、悪い方へ、悪い方へと考えがいってしまう。

葉造は北海道の地図を完成させるのに四年かかった。なにが大変と言って、二十キロメートル四方に民家が一軒もないことを証明するのはとても骨が折れたという。いわゆる悪魔の証明だ。

あるときは山奥に一軒だけ自給自足する酪農家があると聞き、休みの日に花奈とクルマで出かけた。半日ほどかけて訪ねたが人は住んでおらず、遠くの山林にヒグマらしき生き物の姿が見えた。「あんときばかりは膝が震えて、生きた心地がせんかったぞ」と葉造は述懐した。

札幌などの都市部はむしろお手のもので、広い荒野の一軒家の書き漏らしに心身をすり減らした四年間だった。葉造は北海道で定年を迎えた。その後は一平に請われて東北支社長に就任した。花奈と仙台で三年ほど過ごしたあと、引退して小倉へ戻った。

それから三年が経つ。引退してからの葉造の愛読書は地図だった。むかし自分が調査に入った土地の地図をとりだしては、日がな一日、窓際の陽だまりで眺めているという。

自分がつくった地図を開けば、調査当時のことが昨日のことのように思い出せるという感覚は、調査員なら誰にもある。

家々の軒並み、縁側に吊るされた風鈴の音色、道端で遊ぶ子どもたちのはしゃぎ声、お茶を振る舞ってくれた農家の仏間の匂い。そうしたことがありありと甦るのだ。調査当時に自分が抱えていた気持ちすら思い出すことがある。葉造は古い地図を開き、そうした追憶に心を遊ばせているのだろう。

ともかくも元気なうちに憧れの北海道へ調査に入れてよかった。葉造の調査員人生に悔いはあるまい。そう思うことで、俊介はおのれを慰めた。医師はなんと言うだろう。ある程度の覚悟はしているが、それが取り越し苦労であることを祈る気持ちは、やはり強い。

日曜の午前中、俊介は飛行機に搭乗した。機内は満席で家族連れが目立った。やがて飛行機が姫路あたりの上空に差しかかると、雲下に瀬戸内海が見えた。まるで絵の具を溶かしたみたいに真っ青な海だ。

——あれからもう、十年になるのか。

俊介は自分が四国で過ごした四年間を懐かしく思い出した。

香川に赴任するや否や、調査員の過半を女性に入れ替えた。それが四国再建プランの核だった。それまで女性調査員が少なかった理由は二つある。一つは、山中や人影少ない場所の調査は危険だから。もう一つは、調査中に催したとき、男のように立ち小便で済ませる訳にはいかないからだ。

だが時代は変わった。外で働く女性は増えたし、街中の調査なら危険も少ない。なにより彼女たちは真面目で、裏切らない。

女性調査員たちの活躍こそ、四国支社にとって百年の計となるはず——。

俊介は彼女たちに繰りかえし説いた。

「失った信頼は一軒ずつ正確に調査することでしか取り戻せません。時間は掛かって構いませんから、どうか丁寧に調査してください」

彼女たちはそれを忠実に実行してくれた。風雨の強い日に疲れを引きずって調査から帰ってきても、不平ひとつ漏らさず黙々と清書の手を走らせた。

事情を抱えて働きに出ている女性が多かった。幼な子を背負ったまま、五時間も調査する未亡人がいた。俊介の母親のような年頃の人もいて、「所長はうちのお父ちゃんの若い頃にそっくりやわ」と言って俊介を赤面させた。

あけみさん、千鶴子さん、洋子さん……。

懐かしい顔がいくつも思い浮かぶ。四国の改訂調査は、今でも彼女たちが中軸を担っているはずだ。

俊介は香川で四年のあと、静岡の浜松で三年、福井で二年を過ごした。都合九年を未希と夫婦水いらずで過ごせたのは良かった。しかし現在の横浜へ辞令が出たとき、

「うちは小倉へ戻るわ」

と未希が言った。ちょうど葉造と花奈が小倉へ帰った頃で、引退後の両親の世話を焼くために戻ってくれる未希に、俊介は何度も礼を言った。


北九州空港に着くとバスで市街へ向かった。数十分ほど揺られたバス停の目の前が借家である。「ただいま」と言って玄関をまたいだが、この家に入るのは四度目だから自分のうちという感じがしない。

「お帰り。いまお義父さんもお義母さんもおるから、あっち行こ」

未希は俊介を待ち詫びていたらしく、鍵を手に言った。俊介は玄関に荷物を置いて両親の住むアパートへ向かった。歩いて五分ほどだ。

「お邪魔しまーす」

未希が鍵のかかっていないドアを開けて「俊さんが帰ってきましたよぉ」と言った。

「あら、お帰りなさい」

花奈はすぐに台所に立った。文机に向かっていた葉造はこちらを振り向き「やあ」と言う

と、また机に向きなおった。何か書き物をしていたらしい。

「このところ、ずっとああなんよ」

花奈がお茶を淹れながらくすりと笑った。「一平さんからキョーリンの新人研修で講話を頼まれたんですって」

「ああ、あれか」

俊介のもとにも通達は届いていた。「全国の支社で働く調査員のうち、経験二年以内の者を小倉に集め、二泊三日の研修をする」という内容だった。

研修はまだ一ヶ月先で、葉造に与えられた時間は二十五分。それなのに葉造は朝から晩まで草案を練っているという。まあ、無理もあるまいと俊介は思った。ただでさえ口べたな人なのだ。時間はいくらでも欲しいだろう。

お茶が入りましたよ、と声が掛かると葉造はゴホゴホ咳をしながら居間へやってきて「なんで帰ってきたん?」と俊介に訊ねた。

「ちょっと本社で会議があってね。で、一平がなんやって?」

「若い連中に『調査員の心得』っちうお題で話をしろっち」

「ふーん。調査員の心得、か」

それなら確かに葉造は適任だろう。キョーリンの歴史の中で、もっとも歩いた一人だ。

「わしらの若い頃には、想像もつかんかった話じゃ」

葉造の口ぶりはどこか誇らしげだった。会社が贅沢な研修旅行を開けるほど大きくなったことを喜んでいるのか。それとも、そこに自分が招ばれたことを喜んでいるのか。両方かもしれない。

葉造はまた咳こみながら「で、そっちはどうよ」と訊ねた。

「横浜には古くからの地図会社があってね。どうしても合併に『うん』ち言うてくれんけん、お互い食い合っとるわ」

「それは難儀やの。永伍が生きちょったら、素っ飛んでいって掻き口説くとこやが、もうそういう時代やないのかもしれんの」

「ところで、体の調子はどうなん？」

「どうってことない。医者はたぶん夏風邪が長引いてるんやろうっち言いよるわ」

そう、と俊介は素知らぬふりでお茶をすすった。

花奈と未希がそっと目を伏せた。

翌日、未希と二人で病院を訪れた。花奈は「わたしは聞く勇気がないけん、あなたたちで行ってきて。駅前の喫茶店で待っちょんけん」とのことだった。

医師の部屋へ通されると、すでにレントゲン写真が用意されていた。挨拶もそこそこに、医師はその一部を指さして言った。

「ここに影がありますね。肺がんです。腺がんというやつです」

まるで容赦のない宣告だった。俊介はレントゲン写真を食い入るように見つめた。素人目には影などほとんど見えない。動揺する気持ちをおさえつつ「で、どうなんですか」と訊ねた。

「精しく検査してみないとなんとも言えませんが——」

医師は首を傾げた。

「もって、あと半年……」

未希が泣き出した。医師は沈痛な面持ちで目を伏せてしばらく黙り込んだ。この部屋で、幾度となく繰り返されてきた光景なのだろう。

俊介は未希の背中をさすった。背中に当てた手から、しゃくりあげる未希の鼓動が伝わってきた。俺の分まで泣いてくれちょんのや、と俊介は思った。

本人に告知しないことや、今後の治療方針を確認してから病院を出た。

二人は駅行きのバスに乗った。未希はバスの中でも何度か目もとを拭った。これから花奈にも結果を報さねばならぬのかと思うと気が重かった。二人は駅前で降りると、どちらからともなく目を合わせて深くうなずき合った。

喫茶店で結果を教えると、花奈は泣き出した。未希もまた泣き出した。俊介は掛ける言葉も見つからず、ただ女たちの涙を見守るほかなかった。

午後、一平に会うために会社へ行った。

社長室へ向かう途中、見たこともない機械が置かれた部屋があった。若い男女が謎の機械に向かって黙々と作業している。

――これがコンピュータルームか……。

一平は社長に就任して数年すると、猛烈な勢いで関東甲信越の地図会社を買収し始めた。それを可能にしたのは東京二十三区の地図だ。黒字化には五年かかったが、いったん売れ出すと毎年面白いように売れた。とくに官公庁は毎年購入してくれるお得意様となった。初版の売れ残りをタダで配った永伍の置き土産といえた。

社の売り上げは三倍。一平はその資金でライバル会社を次々と買収していった。

それと並行して一平が取り組んだのが、地図づくりのコンピュータ化だった。社長直属の電子地図開発チームをたちあげ、毎年五億円の投資をおこなった。コンピュータはまだ曲がりくねったものを描けず、したがって道路はいちばん不得意な分野だった。赤字の垂れ流しが続いた。

「無駄遣いだ」

「倒産する」

「父親ゆずりの機械好きに歯止めが掛からんのだ」

そんな声が社内から高まった。だが俊介の見るところ、一平は永伍のように機械好きでもなければ、新しいもの好きでもなかった。単に「次はコンピュータの時代や」と見抜いただけに過ぎまい。

社長室へ入るなり、俊介は「おい、凄い部屋が出来ちょんな」と言った。

「おお、見たか」

一平は喜色を浮かべた。「あのトレース機械は一台三千万もしたんやぞ。やけど失敗やった。手で書いた方が早い」

これには流石に俊介もがっくりきた。

「人任せがいけんかったんよ。やけん今度はメーカーと組んでイチから共同開発する。やっぱり現場の声も届けけんとな。コンピュータのことがわかる人材も増やす」

一平は投資をやめるつもりはまったくなさそうだった。「社長がワンマン過ぎる」という陰口は、俊介の耳にも入ってこない訳ではなかった。そこはまさに父親譲りだ。

「ところで、こんど若手の研修をするんやってな」と俊介は言った。

「ああ。やっぱりうちの生命線は調査力やけんな。そっちも強化していく。葉造さんにもOBとして講演を頼んだんや」

「うん、聞いたわ。張り切っちょったけど……」

「けど？」

俊介は医師からうけた宣告のことを伝えた。

「そうか、葉造さんがの……」

と一平はぐっと唇を噛みしめた。「それじゃ、講演も無理はさせられんか」

「いや、それはやらしてやってくれんか。ずっと草案を練っちょるし、ひと月後ならまだ体の方も大丈夫やと思うんよ」

「わかった。お前がそう言うなら、そうするっちゃ。本番はお前も聞きに来いよ」

「ああ、行く」

それが葉造の最後の花道になるかもしれないと俊介は思った。ふと、窓際に飾られた永伍の遺影に目が吸い寄せられた。その周辺だけ時間が止まったように感じられる。近い将来、葉造もあちら側へ行くのかと思ったが、まだあまり現実感は持てなかった。

「それにしても、葉造さんがの……」

もういちど、一平がうめくように言った。


横浜に戻ると、保土ヶ谷区の改訂調査に出た。支社長とはいえ、俊介も調査員であることに変わりはない。

保土ヶ谷は二十年前に、まだ学生だった一平が初版をつくった土地である。駅を離れると畑があり、雑木林があり、背の低い団地があった。横浜は港町のイメージが強いが、実際は緑豊かな丘陵地が奥へと続いている。

俊介は午前中に原付バイクで支社を出た。スーパーマーケットの駐車場に駐めさせてもらい、調査に出る。

昼どき、大きな公園で休憩を取った。ベンチで画板をはずし、一息つく。雲ひとつない秋晴れで、ほかのベンチでは営業マンが週刊誌を読んだり、母親が子どもにお菓子を食べさせたりしていた。

俊介は調査員になりたての頃、葉造に〝調査員の心得〟を説かれたことを思い出した。

「調査中は決して座るな。立てんくなるぞ」

あの決まりごとを、父は年老いてからも守っていたのだろうか。こんどの講演で話題に出るかもしれない。

秋風に吹かれたもみじ葉が、俊介の目の前をひらひらと散り落ちていった。

父との別れは近い。

こんなところでボーっとせず、少なくなった時間を惜しむべきではないか。

そう思ったものの、では小倉へ戻って一緒に過ごせばいいのかというと、違う気がする。葉造もそんなことは望んでいまい。

物ごころついた頃から、離れて暮らす時間の方が長かった。だがそのことで、家族の結びつきを弱く感じたことは一度もない。

――遠くにいても、同じ空を見ている。

両親が北海道へ行ってからというもの、その気持ちは一層強くなった。未希に対しても同じだ。俊介は小倉へとつづく秋の空を見上げ、葉造の身に奇跡が起きはしまいかと冀（ねが）った。

十五時に調査を終え、事務所に戻った。ほかの調査員もぼちぼち戻り始める。簡単な報告を受け、清書をおえて事務所を出たのは十八時過ぎのことだった。

俊介のアパートは、横浜駅の二つ隣の新子安駅にある。駅前のお惣菜屋できんぴらごぼうと白身魚のフライを買い、アパートへ戻った。

ポストをのぞくと、分厚い封筒が入っていた。うらに合志葉造とある。

――親父から……？

封を切ると、中からもう一つ封筒が出てきた。葉造の書いた一枚の便箋が添えられている。

「同封した手紙は、俺の幼馴染の純一から預かったもんや。純一は二年前に亡くなった。俺も、俺の命がもう長くないことは知っちょんけん、この手紙をお前に渡す。心して読んでくれ。俺が自分の病気を知っちょんことは、花奈や未希には内緒ぞ」

頭にいくつも疑問符を浮かべながら、もう一つの封筒を開けた。長い手紙が出てきた。

　戦争末期、わたしは満州の大連にいました。満鉄の調査部で、ソ連に関する調査に従事していたのです。敗戦と同時に、ソ連軍が満州へ侵攻してきました。わたしは捕虜となり、貨車でシベリアの平原を運ばれました。ロスケ（ソ連人に対する蔑称です）は捕虜の逃亡を嫌い、トイレにも行かせてくれませんでした。仕方なく靴の中に大小便をすると、車内は糞尿と吐瀉物の匂いで地獄と化しました。

食事は微かに塩味がするスープに、腐った野菜の切れ端がひとつ。これが一日に一杯。車内は蚤（のみ）や虱（しらみ）の天国で、チフスで次々と人が死んでいきました。死体は走る列車から投げ捨てられました。オオカミの餌です。途中で石炭が切れると、列車の中は冷蔵庫のようになりました。九月でもシベリアの夜は日本の冬より寒いのです。

数日後、バイカル湖のあたりで「降りろ」と言われました。徒歩での行軍開始です。食うや食わずで足は弱っていますが、少しでも遅れると容赦なく射殺されました。

一日の行軍のあと、わずかばかりの高粱（コーリャン）粥をすすり、飢えと寒さに震えながら野宿しました。コーリャンは消化が悪いので、そのまま出てきます。ここでもたくさんの人が死にました。

「このまま奴隷生活に入るくらいなら」と逃亡を謀る者もいましたが、すぐに見つかって銃殺されました。首尾よく逃れたとしても（ほとんどいませんでしたが）、野垂れ死には避けられなかったでしょう。行くも地獄、退くも地獄。それなのに夜空を見上げると無数の星が瞬いており、その美しさは恨めしいほどでした。こぼれ落ちそうな星を眺めながら、隠し持っていたカミソリで自殺した者がおりました。

行軍から八日後、収容所（ラーゲリ）に着きました。

捕虜登録では、じつに四十項目におよぶ身上調査がありました。姓名、生年月日、出生地、母語、国籍、信仰、学歴、家族、兄弟、父親の職業、召集前の住所、軍属以前の職業、軍隊召集日、部隊の名称、軍の階級、専門性の有無、投降日。

これだけ詳細な質問項目をつくっておきながら、

「どれも同じ顔をした日本人（ヤポンスキー）のことなどよくわからん。適当に書いておけ」

と初期の捕虜登録はまったくのデタラメでした。これもロスケの国民性です。わたしはその杜撰（ずさん）さに乗じて、偽名を名乗ることにしました。というのも、満州国で軍官に属していた日本人は報復の対象だったからです。もしわたしが満鉄で対ソ調査部にいたことがバレたら、死刑か、よくて終身刑。半分はスパイのようなものでしたから。

わたしは満鉄調査部・衛藤（えとう）純一という本名を隠し、

「天沢葉造、もとは大分県別府市で教師をしておりました」

と名乗りました。そう、幼馴染だった天沢永伍の苗字と、合志葉造の名前を貰ったのです。

わたしは森林伐採の労役に回されました。朝から晩まで働きました。ロスケの作業監督は厳しいノルマを課されており、こちらが少しでも手を休めようものなら、銃の台尻

で殴ってきます。かと思えば、

「ノルマをクリアしたら、一日あたり黒パンを五十グラム増やしてやる」

などと言うのです。五十グラムといえばマッチ箱一つ分。それが我々には目も眩むほどのご褒美でした。

食事は一日に三百五十グラムの黒パンのみ。毎朝一本の大きな黒パンを七、八人で切り分けました。収容所で一ヶ月も過ごせば黒パンがお宝に見えてきます。まさしく黒いダイヤ、ほんの数グラムの違いをめぐって怒鳴り合いとなりました。

わたしは小さくちぎった黒パンをポケットに入れて持ち歩き、腹が減ると水に浸して膨らませて空腹を紛らわせました。ネズミ、カエル、ヘビ、カタツムリなども大御馳走でしたが、そもそもシベリアには生き物が少ないのです。

それにつけても気掛かりなのは、大連で別れた妻子のことでした。二人は無事、日本に辿り着けただろうか。帰れたとしても、「日本にはとてつもない新爆弾が落とされ、全土が焼け野原だ」とロスケたちは言います。わたしは一日の作業を終えてくたくたに疲れていても、寝る前には必ず妻子の無事を祈りました。

やがて冬がきました。マイナス三十度の世界では生き物の気配が消えます。それでも森林伐採の作業は続けられました。

「本日のノルマを果たさねば食事を半減する」

ロスケの作業監督が脅します。そのノルマは、十時間働いても達成できないほど厳しいものなのです。樹皮は固く凍りつき、我々の痩せ細った腕ではまったく歯が立ちません。あたりが暗くなり、飢えと寒さで手足の感覚が無くなっても帰営は許されませんでした。

ノルマ、ノルマ、ノルマ。

このロシア語をどんなに怨んだことでしょう。シベリア抑留から帰った者が日本でも使い始めましたが、わたしはこの言葉が日本社会に定着することに断固反対です。

便所は外にありました。冬の夜中に用を足しに行った者が何人か命を落としました。凍傷で鼻や指を失う者も続出です。

「凍傷を防ぐには、雪でこするのが一番だ」

そうロスケに教わったのも後の祭り、わたしも指を二本やられました。それでも指で済んだのは幸いと言うべきでしょう。初めて迎えたシベリアの冬、日本人捕虜の三分の一が亡くなりました。

ある朝、わたしは痒さで目を覚ましました。見れば隣の者が息を引き取っています。人が死ぬと虱が大移動するのです。死者が最後に流した涙が、ひとすじの氷河となって頬に張りついていました。

我々は彼を埋葬したかったのですが、冬のシベリアの凍土は鉄よりも硬くて五センチと掘れません。諦めざるを得ませんでした。冬が来る前に死んだ者は埋めてもらえるだけ幸せだな、と誰かがつぶやきました。

　ロスケたちはこんなことも言いました。

「ノルマを果たせば帰国（ダモイ）が早まるぞ」

「ここの鉄道敷設が済んだら帰国できるはずだ」

「言うことを聞かんと帰国できんぞ」

「作業成績が優秀な班から、帰国の話が出ている」

　すべて嘘でした。「帰国（ダモイ）」は日本人捕虜を意のままに操るための魔法の言葉だったのです。わたしはロスケの口にするダモイを信じなくなりました。しかしいつか帰国の日が来ることだけは信じ続けました。人はパンのみにて生くるにあらず。希望は心の栄養源です。わたしは帰国という希望を心で食べながら、どうにか冬を乗り切りました。

　遅い春が来て、すぐに短い夏に切り替わりました。

　ある日、

「日本人は一日に三度食事するんだってね」

と後ろから声を掛けられました。わたしはつい、「はい（ダー）」と答えてしまいました。その程度のロシア語なら理解できたのです。

　振り返ると、看守のシトチェンコが悪魔のような笑みを浮かべていました。意地が悪く、拷問好きで、日本人捕虜から蛇蝎のごとく嫌われていた男です。

「前から怪しいと思っていたんだ。お前はロシア語ができるだろう？　日本軍のスパイだったんじゃないか？　本当の名前を言え」

背中にゾクリと冷たいものが走りました。わたしは必死に「何を言ってるのかわからない」というフリをしました。

「嘘をついてもムダだぞ。俺にはわかるんだからな」

わたしが芝居を続けると、このときはシトチェンコも諦めました。しかし生きた心地がしませんでした。ふと気づくと、シトチェンコが作業場の片隅からジーっとわたしを見つめていることがありました。


シベリアに来て二年半が過ぎた頃、ほかの収容所から移送されてきた日本人捕虜が言いました。

「なんでここでは日本とのハガキが許されていないんだ？」

彼がいた収容所では、一年以上前から日本の家族とハガキのやりとりが許されていたと言うのです。我々はカンカンになって所長に掛け合いました。

「捕虜がハガキを出す権利は、国際法上で認められている。許さないなら、モスクワのスターリン閣下に直談判するぞ！」

許可はすぐに降りました。あとでわかったことですが、このウオトカ好きの所長の単なる怠惰により、我々は通信の権利を奪われていたのです。もちろん厳しい検閲があるので、ハガキが配給されると、収容所は歓喜に沸きかえりました。結局のところ、めったなことは書けません。

「元気でやってるか。こちらは元気だ。会える日を楽しみにしている」

という決まり文句に、万感の思いを込めたのでした。

問題はわたしです。シトチェンコはわたしが誰にハガキを出すか注視しているでしょう。生きて帰るためには、絶対に正体を見破られてはなりません。

わたしは断腸の思いで、今回は見送ることにしました。ハガキは三本の煙草と交換しました。ちなみに偽名を用いている日本人はほかにも何人かいました。みんな戦前は、軍人や軍属の立場にあった人たちで、つまりロスケの報復対象です。

わたしはシトチェンコの転属を待ちました。

それが訪れたのは半年後のことでした。

とうとうわたしにもハガキを出すときが来たのです。それでもわたしは用心を重ね、永伍を兄と見立てる作戦に出ました。永伍なら「天沢葉造」という偽名と文面から、わたしの置かれた状況を読みとってくれると信じたのです。

ハガキを出して四ヶ月後、永伍から「弟よ」で始まる返信が来ました。

しかもハガキには、妻子の写真が貼りつけてあるではありませんか！　二人は無事に帰り、平和に暮らしているのだ！　わたしは正装した妻子の五センチ四方の写真を切りぬき、作業着の袖の内側に縫いつけました。こうすれば、袖をめくるだけでいつでも妻子に会えます。寝るときも、飽かずに写真を眺めました。大きくなった息子の顔を見ていると自然と笑みがこぼれました。帰国したら、三人で布団を並べて寝よう。息子と背中を流し合おう。縁日で綿菓子を買ってやろう。これまで父親らしいことをしてやれなかったぶん、十倍も可愛がってやるのだ。そう思うと、腹の底から力が湧いてきました。絶対に生きて帰ってやると胸に誓いました。

わたしに帰国が巡ってきたのは、シベリアに来て五回目の冬を迎える直前のことでした。ナホトカまで鉄道で行き、そこから船に乗りました。日本海を渡り、舞鶴港が見えてきたときは、涙で祖国が滲みました。港で支度金を貰い、一路ふるさとを目指します。「ただいま帰りました」と告げたら、妻はどんな顔をするだろう。息子は「お父さん」と呼んでくれるか。永伍や葉造とも酒が呑みたい。語り尽くせぬ話が山ほどある。

別府に着くと、四年前に戦争に負けた国とは思えぬほどの活気でした。妻子の居場所を聞くために永伍の家を目指しました。

――げっそり人相が変わってしまったから、知り合いに会っても気づいて貰えんかもしれんな。

そう思ったとき、松永写真店の前で見覚えのある写真が目に入りました。あなたたち一家の七五三の写真です。わたしは瞬時にすべてを悟りました。

花奈は葉造と再婚したのだ！

永伍はこの七五三の写真の右端の葉造を切り取って、シベリアに送ってきたのだ！

わたしは踵を返し、足早に船着き場へ向かいました。おのれの指名手配写真を見つけた罪人のような気分でした。わたしは厄介者なのだ。亡き者なのだ。できる限り遠くへ行かねばならない。

別府湾から汽船に乗ったときは、まだ行き先は決まっていませんでした。しかし大阪に向かう船中で、収容所で一緒だった倉畑さんのことを思い出しました。妙にウマが合い、「お互い帰国して暮らしに困るようなことがあったら、助け合おう」と約束した仲です。

倉畑さんの実家は飛騨で旅館を営んでいました。寝る場所くらいは与えてくれるだろうし、人手も欲しいはずだ。それだけを頼りに飛騨へ行くと、倉畑さんは喜んで迎えてくれました。そしてわたしを雇ってくれました。

そうです。わたしはあのときの飛騨の番頭です。覚えていますか？

この手紙を読むとき、あなたがどこまで事情を知っているか分からないので、このまま話を続けます。

わたしは八ッ峰旅館の下足番となりました。まかない飯を三度食べ、温泉に浸かり、温かい布団にくるまって寝る。シベリアでの日々を思えば、夢のような生活でした。

もちろん、あなた方を思い出さない日はありませんでした。

あの二人はいつ再婚したのだろう？

もし、わたしのいた収容所の所長がズボラでなければ？

シトチェンコに睨まれず、初めのハガキでわたしの生存を伝えていたら？

そしたら二人は再婚しなかったのではないか？

そんなことをウジウジ考えてしまう自分が情けありませんでした。

飛騨の四季に身をゆだねるうち、ロシア語や中国語はあらかた忘れてゆきました。抑留生活で身についた俯いて歩く癖もとれました。シベリアに連れ戻される悪夢も見なくなりました。

そして、あの日を迎えたのです。

もしあの日、あの時、わたしが旅館の看板の煤払いを思い立たなかったら、あんなことは起きなかったのかもしれません。

わたしがハシゴの上でハタキを掛けていると、下から声がしました。

「すみません。地図屋の者ですが、あちらの山の向こうに誰か人が住んでいませんか」

「どちらの山ですか」

わたしはハタキを持ったまま、ハシゴの上から下を見おろしました。首から画板をぶら下げた男が、まさか自分の幼馴染だとは気づかずに。

ところが葉造はわたしを見上げたまま、

「お前、純一やないか？」

と鉛筆をポトリと落としたのです。

「えっ、葉造？」

わたしは頭の中が真っ白になりました。

飛騨に来て、十五年が経っていました。

それからの一週間、葉造は仕事を終えると毎晩わたしを訪ねてきました。十九年間の空白を埋めるように、わたしたちは語り合いました。

「二人が無事に引き揚げられたんはお前のお陰や。ありがとう」

わたしは十九年前の礼を述べましたが、葉造は「うん」と小さく頷くだけで、気勢が上がりませんでした。

　敗戦当時、葉造は平壌の傷痍軍人病院にいました。わたしはそのことを知っていたので、敗戦の日に花奈に告げたのです。

「お前は平壌にいる葉造を訪ねろ。あいつと一緒に日本へ帰るんや」

「あなたは？」

「俺は大連に残る。まだやることがある」

「それならわたしも残ります」

「だめだ！」

　花奈は当時二十三歳で、まだ二歳にならぬあなたを負ぶっていました。

「ここは危険すぎる。平壌まで行けば葉造がどうにかしてくれるはずや。ぐずぐずしてるとロスケたちが来るぞ。葉造に逢ったらこれを渡してくれ」

　わたしはロンジンの腕時計を託しました。わたしの持ち物で金目のものといえば、それくらいしかなかったのです。花奈は最後まで一緒に残ると言い張りましたが、わたしは「この子のことも考えろ！」と満員列車に押し込みました。

「あなた、どうかご無事で——」

　あのときの花奈の泪は、いまも忘れません。

　さて、わたしと葉造は永伍に連絡をとり、名古屋駅で落ち合うことにしました。あの四角ばった大きな顔を、人混みの中に見つけたときの懐かしさといったら！

「永伍！」

「純一！」

がっちり握手を交わすと、永伍はその場で土下座しました。

「すまんかった！　再婚を勧めたんは俺や。お前からハガキが届いた時には、もう遅かった。俺はてっきり、お前はもうこの世におらんもんと……」

わたしは笑いながら「これ、起きんか」と言いました。「みんな見ちょるやないか。俺はなんとも思っちょらんよ」

三人で地下街の蕎麦屋に入りました（あなたが見事に攻略したというあの地下街です）。永伍は自分が再婚の労を取るに至った経緯を述べ、しきりに謝りました。わたしは「もうその話はいいけん」と言いました。永伍がまったくの善意から二人を結びつけたことは疑いようがありません。

葉造も酔っぱらうと「別府へ戻って、お前が二人と暮らせ」と無茶を言いました。わたしは笑って取り合いませんでした。

わたしは、シベリアで死んでいった仲間たちのことが忘れられませんでした。彼らの無念や悔しさ。それを弔うために自分は生かされているのだ、と思うようになっていました。無数の星が瞬くシベリアの夜空を思い返すたび、同じくらい無数に死んでいった仲間たちのことが思い出されるのです。

誤解しないでください。わたしは一度でいいから、あなたや花奈に逢いたいとどれほど願ったことか。しかしそう願った次の瞬間には、「家族に逢いたい」と呻くように言って死んでいった仲間たちの顔が思い浮かぶのです。

「俺は一つ、誓いを破ってしまったんよ」と葉造が言いました。

「なんのことや？」とわたしは訊ねました。

「俊介を大学にやれんかった」

それを聞いてわたしはすぐにピンときました。ロンジンと共に葉造へ託したメモの中に、「俺にもしものことがあったら、俊介のことを頼む。教育だけはつけてやってくれ」と記してあったからです。

友のピンチは助けること。

友の頼みは断らぬこと。

友に隠しごとをせぬこと。

わたしはクスノキの約束などすっかり忘れていたのに、葉造はわたしの頼みを遂行できなかったと詫びるのです。

葉造が続けました。

「俊介(あいつ)、中学を出たら就職するっち言い出したんよ。そんときは思い止まらせたけど、

『高校を出たらキョーリンに就職させてやる』っち約束してしまっての。高校にいるあいだに気が変わればいいっち思いよったけど、変わらんかった」

「いや、俺は俊坊が中学を出てキョーリンに入ることに賛成やった」

と永伍が言いました。「学校だけが人生やない。本人の意志も固かったし、現にいまは立派に一本立ちしちょる。将来の幹部候補や」

「やけど俺が、純一の頼みを果たせんかったことに変わりはない」と葉造が言いました。

「それなら俺も約束を破ったぞ」

と永伍が言いました。「二人の再婚を隠して、純一に嘘の写真を送ったけんな」

「それなら俺もや」とわたしは言いました。「帰国を十五年も隠しちょった」

「なんな。みんな約束を破っちょったんか」

永伍が言い、大笑いとなりました。

むかし永伍が兵隊に取られるとき、「死んだらあのクスノキでまた逢おう」と悲壮な別れを交わしたことが、まるで夢のようでした。平和は有り難い、昔の友は有り難いとつくづく思いました。

それから毎年、名古屋で同窓会を行いました。

あなたが葉造の誘いに応じて飛騨に来てくれたときは、どんなに嬉しかったことか。

「息子と背中を流し合う」という悲願が果たせたのですから。

最後に一つだけ言わせて下さい。

息子よ、父はお前の健康と幸せを願わぬ日は一日とてなかったぞ。

それではどうぞ、お元気で。

衛藤純一

読み終えてしばらく、俊介は身動きできなかった。

欠けた二本の指。野天風呂でのシベリア哀歌。「飛驒より寒い地方にいたから平気です」。「木を伐る作業に従事していました」。ループタイ。「それはロンジンの腕時計ですな」。葉造と花奈がお互いを「さん」づけで呼び合っていたこと。中学生のとき葉造に、「お前、本当は勉強に向いちょんち思うぞ」と言われたこと。松永写真店の七五三の写真。

すべてが一本につながった。番頭の顔もおぼろげながら思い出せた。やけに老けて見えたのは、シベリアで苦役したせいだったのだ。

俊介は喉がカラカラに渇き、台所に行って蛇口から直接水を飲んだ。食欲は失せたので、買ってきたお惣菜は冷蔵庫に入れた。

葉造が自分の病状を知っていることも意外だった。俊介は神経が昂ぶって寝つけず、もういちど手紙を読み返した。

それからの数日間は、まるで夢遊病者のように過ごした。調査に出ていても、ちょっとした折りに番頭の顔が思い浮かんだ。そのたびに彼の目鼻立ちがだんだん明瞭になってくるのは不思議だった。ときおり番頭がインテリめいた口をきいたことも思い出した。

「俺は、あの人の子やったんや……」

それは一向に本当のことのように感じられなかった。自分が花奈と葉造の子でなかったことはショックだった。ひょっとしたらこれはすべて葉造のつくり話かもしれない、と頭が勝手に一時しのぎの遁げ道を探したがった。

ふと、これまでの四十年間、合志家の茶の間では「親子ごっこ」が演じられてきたのか、と思ってしまった。俊介はかぶりを振った。もちろん、そんなことはない。それはわかっている。わかってはいるのだが……。

もし自分が葉造の立場だったら、どうしただろう。たとえば一平や湯太郎の子を、あんなふうに預けられたら？　たしかに葉造と同じように、自分の子として育てたかもしれない。だが、こんなかたちで真実を告げただろうか。葉造はこの手紙を読ませることで、いったい何を伝えたかったのだろう。老い先が見えたから、秘密を打ち明ける気になったのか。それとも純一から何か言付かっていたのか。

手紙は何度も読み返した。俊介の反応を待つ葉造の息づかいが、小倉から聞こえてきそうだった。しかし俊介は気持ちの整理がつかないまま、葉造に連絡を取らず講演の日を迎えてしまった。

その日、俊介は午前中に羽田を発ち、直接会場入りした。ホテルの貸し間には百五十ほどのパイプ椅子が並べられていた。新人は百二十名ほどで、残りは会社の役員や管理職だ。

俊介は最後方に座る一平に手招きされて、その隣に腰をおろした。演台のわきには出番を待つ葉造の姿もあったが、まだ目も合わせていなかった。

まずは現役の製版係や営業部門からレクチャーがあった。それが終わると一平がマイクの前に立った。

「それでは最後に、大先輩の合志葉造さんにご登場いただきます。合志さんは創業からのメンバーで、三年前に引退なさるまで、北は北海道から南は鹿児島まで、調査一筋で過ごされました。『調査員の心得』というタイトルでお話をいただきます。それでは合志さん、よろしくお願いします」

拍手に迎えられて、葉造が演台にのぼった。一平が戻ってきて俊介の隣に腰をおろす。

「ただいまご紹介に与りました、合志葉造と申します。社長からお話があった通り、三十年ほど調査員をつとめ、あちこち歩かせてもらいました。今日は皆さんのお役に立つことを一つでも述べられたらと思います。どうぞよろしくお願いします。

早速ですが、まずルート取りに関してです。白地図のプリントを渡されたら、高低差を考えるのが大事です。高いところから低いところへというのが調査の大原則。もし山の上で昼めしをとる予定があるときは、里で買っていったほうが無難でしょう。田舎は上に行くと、食堂も売店もないところが多いです。

自販機で甘いものを買って飲むのは控えた方がいいでしょう。かえって喉が渇きます。とくに夏場はそうです。公園の水なんかが一番ですが、見つからない時は『水を一杯ください』と言えば、たいていの家で飲ませてくれます」

葉造は痰を切るために咳払いするほかは、原稿に目を落としてスムーズに喋った。ときおり思いついたように、顔を上げて会場を一瞥する。

「次に歩き方についてですが、膝はまっすぐ進行方向にむけて歩くのがいいです。ガニ股は楽なようで、結局疲れます。気持ち、重心を下に落とす意識をもつといいでしょう。

恰好は、会社のジャンパーを着ていると怪しまれません。首から画板をぶら下げて会社のジャンパーを着ていれば、たいていの人が公共関連の調査と思って協力してくれます。表札が出てない時の聞き込みがラクになります。とくに田舎はそうです。

道具は履きやすい靴、使い勝手のいい筆記具、軽い服。荷物は一つでも減らすことです。四つの鍵をじゃらじゃら持ち歩いていた調査員が、家の鍵一つだけにしたら調査効率が上がったなんて、嘘のようなホントの話があります。折り畳み傘も役に立つようで立ちません。

雨が降りだしたら、まずは軒先を借りてやむのを待つのが賢明でしょう。いよいよ本降りとなったら、今日は雨中調査と腹を括って、調査を再開するしかありません」

俊介はこのくだりを聞いて、むかし自分が雨の日の調査をサボりがちだったことを思い出した。あの時は先輩に諭されて、「仕事を通じて自分を磨こう」と心を入れ替えたのだった。果たして自分はその誓いを守り、人として成長できただろうか。そんなことが頭をよぎった。

「調査の仕事は、百点満点で当たり前。一軒でも書き漏らしがあれば欠陥商品。これがキツいところですね。

人間は不思議と同じところで間違えます。わたしは田舎育ちでしたから、山村は得意でした。『あっちにも人が住んでいそうだな』と鼻がきくんです。ところが都会の商業ビルは苦手でした。ワンフロアに何十軒も事務所やテナントが入っていると、注意深く歩いても見落とすことがあるんです。

そんな時はどうするか？

二度回るんです。

はじめは時計回りにまわって書き取る。次に反時計回りでまわって確かめる。これで見落としはなくなります。人の見え方は、回る方向で変わるんです」

葉造が商業ビルを苦手にしていたとは初耳だった。思えば、何事につけ弱みを見せない人だった。

「一日の調査のやめどきは、人それぞれでしょう。ノルマにこだわるのもいいですが、わたしは体に訊くようにしていました。退けどきだけど、もう少しやればキリのいいところまでいける時がありますね。そんな時は体に訊くんです。

『どうする？　もう一角、終わらせちゃうか？』

すると体は『うん、やっちゃおう』とか、『今日はやめとこう』と答えてくれます。

わたしも始めは心に訊いていました。だけど心はたいてい厳しいことを言うんですよ。『ラクするな』とか、『もっとやれ』とか。その点、体は嘘をつきません。しんどい時はなおさらです。ここまでで、何か質問はありますか？」

最前列の青年が挙手した。

「僕はよく途中で飽きちゃうんですけど、どう気分転換したらいいですか？」

あまりにストレートな質問に、会場から笑いが起こった。さすがは新人類と呼ばれる世代だ。一平も隣で苦笑いしている。

「わたしの場合は、仕事のことは仕事でしか気分転換できない性質（タチ）でした。だから思い切ってその日のルートを変えたり、時にはスキップして調査しました」

また笑い声が起こり、会場は和やかな雰囲気に包まれた。

次に真面目そうなニキビ面の青年が質問した。

「一日の調査もそうですが、トータルでと言うか、毎日調査することに疲れてしまうことがあります。どうしたらいいでしょう？」

「いい質問ですね。わたしもそれについてはずっと考えてきました……」

葉造が黙りこんだ。苦悶ともいうべき表情で、必死に答えを探っているのがわかる。そこにいるのは俊介の父でもなければ養父でもなく、おのれの知見を後輩に伝えたいと願う、一人の老調査員だった。

やがて葉造が重い口を開いた。

「あなたは人に道をたずねられたら、教えますか」

「教えます」

「それで感謝されたら、嬉しいですよね」

「嬉しいです」

「それと同じことだと思うんです。わたしたちは、たった一人のために地図をつくっていると思えばいいんです。

むかし大阪で改訂調査をしていたとき、こんなことがありました。自転車に乗った少年がうちの地図を持って、街角できょろきょろしていたんです。うしろには出前箱。ははあ、集団就職で大阪に来たばかりの子だな、とピンときました。

想像してみてください。信号一つないような田舎の中学校から都会へ出てきて、料理屋で住み込みをしながら、朝から晩まで働いている。

そんな右も左もわからない子が、ラーメンがのびないか心配しながら、地図を頼りに出前に行く。もし地図に間違いがあって出前が遅れたら、客に怒鳴られるでしょう。店に帰ったら大将に殴られるかもしれない。

田舎の両親だって、この子のことを毎日心配しているでしょう。わたしにもちょうど同じくらいの背格好の子がいましたから、そのことはよくわかりました。子を想う親の気持ちは、どこも同じです。

わたしはいったん調査を中断して、その子のあとをつけました。やがてその子は無事に家を見つけることができました。出前を終えて玄関を出てきたときの、あのホッとした表情といったら。

そのときわたしは思ったんです。

『この出前もちの子が殴られないように、正確な地図をつくろう』と。

さらに一歩進めて、

『それは自分の子どものために地図をつくるのと同じことやぞ』と。

わたしの場合はこう思うことで、調査に倦んだとき、自分を奮い立たせました。すみません、これで答えになっているかどうか……」

「あ、なりました。ありがとうございます」

青年がぺこんと頭を下げた。

俊介は、葉造が血の繋がらない自分にそこまで愛情を注いでくれていたことを知り、胸が熱くなった。

「世の中には、さまざまな道があります」

葉造があらたまった口調で言った。

「近道、まわり道、抜け道、坂道、分かれ道、道なき道。けれども難しく考える必要はありません。どんな道を行くにせよ、マイペースが一番です。マイペースで歩くことが、結局、いちばん速く、いちばん遠くへたどり着く方法です。

最後に、そこにいる一平社長からむかし聞いたヘルマン・ヘッセという人の言葉をお伝えします。

『自分の道を歩む者は、すべて英雄である』

わたしはヘッセという人をよく知りませんが、調査員だったのじゃないかと思います。それではご清聴、ありがとうございました」

葉造は拍手に包まれながら演台を降りた。一平が立ち上がって、手の骨が折れるのではないかというくらい大きな拍手を送った。その目の端には光るものがある。

解散後、俊介は廊下で葉造に追いすがった。

「よかったよ。ええ話やった」

ああ、と葉造は素っ気なく応える。

「あの手紙も、読んだ」

「どげえことが書いてあった？」

「全部書いてあったわ」

「そうか……」

一緒にエレベーターで下まで降りたが、二人とも黙ったままだった。言葉にならぬ想いが俊介の胸中を駆けめぐった。

ホテルを出たところで、葉造が言った。

「俺は純一が生きてるあいだに、母さんに言うべきやったんかな。純一はまだ生きてるぞ、と」

それは俊介にもわからなかった。

空に、星が瞬いていた。

# 六章 惜別

## 2002年、夏

空梅雨が続いたあと、暑い夏が始まった。

弔問に訪れた人びとは口々に、「この天候も年寄りにはきつかったやろ」と言った。俊介はそのたびに「そうやったかもしれんですね」と応じた。

花奈が亡くなった。享年、八十。最後は心不全で眠るように逝った。

精進落としの席に移ると、一平が瓶ビールを手にやって来た。

「お袋さん、安らかな表情やったな。大往生じゃ」

歳のせいか、一平の野太い声に、枯れた味わいが出てきた。

二人は「献杯」とコップを合わせた。

「とうとう言わんかったんやろ、あのことは」と一平が言った。

「ああ、言わんかった」と俊介は頷いた。花奈は純一がシベリアから帰り、飛騨で番頭をしていたことを知らないまま逝った。

「俺は純一が生きてるあいだに、母さんに言うべきやったんかな」という葉造の言葉が俊介の頭をよぎった。だが三人とも鬼籍に入った今となっては、答えを探す努力もむなしい。

花奈は葉造を亡くしてからも十八年間、小倉に住み続けた。面倒を見てくれたのは未希だ。俊介はあいかわらず小倉にいない時間の方が長く、五十九歳になった今も東京に単身赴任中の身だった。

「話は変わるけど、あの話、やっぱりだめなん?」と一平が言った。

「うん。ありがたい話やけど、やっぱり俺は役員なんてガラやないけん」

「そうか……。そんなら仕方ないの」と一平は不味そうにビールに口をつけた。

俊介が役員就任を断るのはこれが二度目だった。初めは六年前のこと。執行役員への就任を打診されたが固辞した。年功序列からいっても、ある意味で妥当な昇格だったが、一平と幼馴染であるという自分の立場に配慮したのだった。

一平はおのれの理想とする経営と、出処進退を実現してきた。いまや押しも押されもせぬ財界の名士で、あと二年で勇退を表明している。俊介は万が一にも自分のせいで一平が後ろ指さされるような事態になって欲しくなかった。「口では綺麗ごとを言いよんけど、社長は結局、自分の幼馴染を役員につけたやん」。そんな陰口は俊介もご免だ。

それに役員になれば、一年半後に迫った定年が五年延びるが、一平が一線を退いたあとの新体制で長く居座る気にもなれなかった。

未希には相談した。

「辞めてもええかな。退職したあとも調査のバイトは請け負うし、年金と合わせればなんとかなると思うんよ」

「ええんちゃう、それで」

あっさり容認してくれ、定年が決まった。

俊介には会社員として最後の野望があった。小笠原諸島へ調査に入ることだ。キョーリンの住宅地図は今や日本の全土をほぼカバーしていたが、ここはまだ手つかずだった。なんだかんだいっても、地図づくりは初版が楽しい。調査員が足を踏み入れたことのない土地を歩き、たずね、しるす。それは発見と創造の連続である。

俊介は会社員生活の後半戦に入ってから、その歓びを奪われた。改訂版の製作や、地域ブロックの統括者としての仕事に終始してきたのだ。

――最後は一調査員に戻って、定年を迎えたい。

このところ強くそう思うようになったのは、葉造の息子だからだろうか。

一平が、俊介のコップにビールを注ぎ足した。

「しかし、あれやな。うちの会社もいつの間にか、地図屋から情報産業になったの」

他人事のような口ぶりがおかしく、

「お前がそっちへ主導したんやんか」と俊介は笑った。

「まあそうなんやけど、別府で親父たちが表札を追っかけよった頃を思うと、隔世の感があるわ」

「それは、あるな」

俊介はよくぞここまで会社を大きくしたものだ、と幼馴染の顔をまじまじ見つめた。

一平の功績を一言でいえば、「地図の電子化」に尽きる。赤字ながらもコンピュータ投資を続け、とうとう「住宅地図情報利用システム」を完成させた。住宅地図をCD-ROMに焼き、そこに下水道、配管、地価情報などを重ね書きしたものだ。

これが売れた。

そこで風向きが変わった。

一流企業のキョーリン詣でが始まったのだ。

「うちの地図はいつか陽の目を見る」と言い続けた永伍も、まさかキョーリンの地図が日本を代表する自動車メーカーや電機メーカーから引っ張りだこになるとは予想しなかっただろう。コンピュータの時代にこそ、足で稼いだ住宅地図が威力を発揮したのだ。

一平は三十八社と組んで「ナビゲーション研究会」を発足させた。カーナビの統一規格をつくるためだ。当初は開発に反対する声もあった。誰もがカーナビなるものを見たこともなければ、実現できるとも思っていなかった。

ところが一九九〇年、世界初のカーナビソフトが誕生した。音声と矢印だけで案内する素朴なものだったが、GPSには対応していた。

押し寄せるメディアの取材に、一平は顔を紅潮させて答えた。

「渋滞を避けて、近道まで教えてくれる。これは間違いなく普及しますよ！」

キョーリンは上場を果たした。一平の一連の電子化の功績が「第二の創業」と讃えられるようになったのはこの頃からだ。

そんな一平も、一度だけ心揺れたことがあるという。投資が稔らず、キョーリンの財政が悪化していたころ、「お宅の地図を八十億円でそっくり売ってくれないか」とある大企業から打診されたというのだ。「あんときばかりは、さすがに俺も心が動いたぞ」とのちに一平から打ち明けられた。

一平が黒ネクタイをゆるめ、膝をくずした。

「湯太郎には声を掛けんかったん？」

「ああ。お袋の葬式のために、わざわざ赤道直下から呼びつけるのは悪いもん」

「たしかにそうやな」

と一平がニヤリとしたのは、湯太郎のアロハシャツ姿でも想像したからだろうか。湯太郎は四年前、五十五歳になったのを機に弁護士稼業をリタイアしてハワイに移住した。少年時代から念願だった英語圏生活に入ったのだ。

「あいつ、毎日何しよんのやろ」と一平が言った。

「さあ。サーフィンっち柄やないし、ゴルフもやらんし。土いじりでもしよんのかな」

「あっちの土で、大根やゴボウは生えらんやろ」

「バナナや珈琲やないか」

「どちらにせよ、暇すぎやせんか」

「でも、まだうちとは繋がりがあるんじゃろ」

「ああ、形だけはの」

湯太郎はあの手形事件のあと、キョーリンの顧問弁護士になった。そこから企業法務専門の道を歩みはじめ、やがて勤めていた法律事務所の共同経営者にまで昇りつめた。

湯太郎はずっと独身で、浮いた話ひとつなかった。豪華なマンションやクルマを買ったという話も聞かない。仕立てのいいスーツや、オーダーメイドの革靴を身につけていたが、これは職業柄、相手を安心させるためのものだろう。それにそもそも、湯太郎のサイズにあう既製品もすくない。

湯太郎の私生活は謎に包まれていたから、早期リタイアとハワイ移住を聞かされたとき、二人は「なるほど、そういうことやったんか」と合点した。移住するとき、湯太郎は一平に乞われてキョーリン特別顧問として籍を残した。

花奈の葬儀を終えた晩、俊介は未希と遅くに帰宅した。小倉駅に程近い1DKのマンションで、未希の独り住まいだ。俊介はどこかお客さん気分のまま、ダイニングで麦茶を飲んだ。単身赴任中はいつもこうだ。

着替えを終えた未希が化粧水やクリームで顔をてかてかに光らせながら、「お疲れさまでした」と向かいに腰をおろした。

「そっちこそお疲れさん」

「わたし、お義母さんの四十九日が済んだら、すこし実家へ帰ろうと思うの」

「ああ、行ってきよよ。これまでありがとう」

晩年の母の面倒を見てくれた未希には、感謝の念しかなかった。世界一周旅行したいの、と言われても即座にOKしただろう。

「実家(あっち)だって、お前が一週間くらいおっても、どうっちことないやろ」

「それくらいで済むかな」

未希が小首をかしげた。こんな仕草は若い頃と変わらない。

「なんかあったん?」と俊介は訊ねた。

「父の具合が悪いのよ」

それなら聞いていた。高齢からくる慢性の心不全で、ほとんど寝たきりだという。たしか一年ほど前に、義兄夫婦に引き取られたはずだ。

「危篤っちこと?」

「そうやないの。義姉さんも更年期がひどくて、嫌になったんやって」

「介護が？」

「すべてが。兄と離婚するって言ってるのよ」

俊介は息を呑んだ。このところ義兄夫婦とは年賀状のやり取りしかなかったから、思い浮かぶのは若い頃の姿ばかりだ。義兄は古い商家の跡取りらしく、色白で腰の低い人だった。義姉は着物が似合う人だった印象がある。

「だからわたしが父と暮らそうと思うんよ。どこかに家を借りて」

俊介は再び息を呑んだ。

「つまり、お義父さんのお看取りをするまで、あっちにおるっちゅうこと？」

「そうね」

「お義兄さんはそれでいいっち言いよん？」

「うん。内心ではわたしが面倒見るって言い出して、喜んでると思う」

俊介は若いころ、妻のことをすっかり理解したと思った時期があった。だがあるときを境に――たしか四十代に入ってからだ――、未希が何を考えているのかよくわからない領域が増えてきた。

たとえばボランティア活動のことがそうだ。一九九五年に阪神淡路大震災が起きると、未希は神戸に親戚がいたこともあって、すぐに駆けつけた。戻ると、ボランティア活動に精を出すようになった。そこでの知り合いも増え、ときには泊まりがけで活動に出掛けることもあった。だんだんと責任ある地位にもついたようだ。週に四日も五日も団体のために身を粉にする未希を、俊介はふしぎな面持ちで見つめた。

結婚して、三十六年。おおむねその半分を同じ屋根の下で過ごし、残り半分を単身赴任で過ごしてきた。

――俺は生活の安定のほかに、未希に何を与えてやれただろう。

そう自問すると、索漠とした気持ちにならざるを得なかった。本当によく支えてもらったと思う。

いずれにせよ花奈が亡くなったいま、小倉に住まねばならぬ理由はなくなった。俊介は一年半後に定年を控えているし、未希もいつまで父親の介護が続くかわからない。

「お前の向こうでの住まいが決まったら、ここは引き払おう。いったんリセットやな。還暦とはよう言ったもんや」

「還暦にはまだ気が早いやろ」

未希がくすっと笑った。歳を取るにつれ、笑顔が亡くなった叔母に似てきた。

「ところで、これを読んでみてくれんか」

俊介は十八年前に葉造から託された純一の手紙をさしだした。

「なにこれ」

「読めばわかるさ。母さんが亡くなったらお前にも読んで貰おうと、ずーっと思っちょったんよ。それじゃ俺は先に休ませてもらうけん、明日にでも感想を聞かせてくれ」

俊介は寝室に入り、布団に横たわった。

すぐには寝つけなかった。

目を閉じて、深呼吸をすると、花奈の穏やかな死に顔が目ぶたに浮かんだ。

母のことを思うとき、まっさきに思い浮かぶのは、別府での生活風景だ。俊介が部活から帰ると、いい匂いのする台所から花奈の弾んだ声が響く。

「葉造さんが調査から帰ってきましたよ。あなたもお風呂へ行ってらっしゃい」

あの家のことなら、畳のささくれや、箪笥の傷の一つに至るまで、俊介は鮮明に思い出すことができた。

父がいて、母がいた。

ありふれた団欒。

他愛のないやり取り。

俊介は二人のあいだにできた子どもではなかったが、そんなことを微塵も感じさせないほど、愛情を注いで育ててもらった。

「母さん……」

ふいに嗚咽が込み上げてきて、俊介は枕に顔をうずめた。こらえていた涙が次々と溢れてきた。

するとノックの音がし、「まだ起きてる？」と言いながら未希が入ってきた。そしてベッドの端に腰をおろし、「読んだよ」と俊介の耳元でささやいた。俊介は枕に顔を当てたまま頷いた。この歳になって妻に泣き顔を見せるわけにはいかない。

未希がやさしく俊介の頭をなでた。

「純一さんも、葉造さんも、お義母さんのことが大好きやったんやねぇ」

俊介は驚いた。この十八年間、俊介の頭に一瞬たりとも浮かんだことのない感想だった。

「純一さんて人は、もうおらんのやろ」

「うん」

俊介は枕から顔をあげて答えた。「親父より二年先に亡くなったわ」

「早かったんやね」

「苦労したけんな」

「ほんまに……」

未希は袖で俊介の目もとを拭きとると、「もう遅いけん、お休み」と言って静かに部屋を出ていった。

翌朝、ダイニングには味噌汁の湯気と、焼き魚の匂いが立ち込めていた。

「おはようさん。ご飯よそう?」と未希が言った。

「うん、頼むわ」

俊介がテーブルにつくと、未希は踊るようにテキパキと朝食をととのえ、自分もテーブルについた。

「ね、落ち着いたら飛驒に行かへん?」

「飛驒?」

「そう。純一さんのお墓にも手を合わせないけんと思うんよ。それとも、もう行った?」

「いや」と俊介は首を振った。

「やろ。純一さんかてあなたのお父さんなんやし」

三十年前に飛驒を訪れたときの光景が甦った。清らかな古道、奥ゆかしい民家、折り重なる山々。そして、二人の父。

「うん、いいかもしれんね。どうせならあの宿がいいな」

「純一さんが勤めてはったお宿でしょ。まだあるかな」

「あるよ。江戸時代からやってるっち言いよったけん」

東京に戻ると、俊介はすぐに最新版の飛驒地図を開いた。やはり八ツ峰旅館はまだあった。未希とスケジュールをすり合わせて一泊の予約を入れ、仕事に戻った。

事務所は千代田区の神田にある。俊介の肩書きは関東地区総局長だ。ものものしい響きだが、ありていに言ってヒマだった。会議、打ち合わせ、決裁と、地図づくりと関係のない業務で毎日が過ぎていく。

最近の俊介の愉しみといえば、小笠原の「村民だより」を読むことだった。

ちょっと前に小笠原の村役場へ電話して、

「近く調査に入って、地図をつくりたい」

と協力依頼したら、この小新聞のバックナンバーをどっさり送ってくれた。村役場が月に一度発行しているもので、じつにさまざまな情報が載っていた。

現在の島の人口（父島1933人、母島454人）。

世帯数（父島1067、母島242）。

ダムの貯水率（父島88・6％、母島50・0％）。

船の入港日や、健診日程を記した島民月間カレンダー。

「今年も海ガメの産卵季節がやってきます」という告知。

村民の叙勲ニュース、介護保険料の一覧、村長の給与明細、等々。

最新号には「テレビ開通から六年」というコラムがあった。地上波テレビが観られるようになったのが一九九六年というから驚きだ。バックナンバーを読むだけで、南島の暮らしぶりや景物が目に浮かんだ。調査に入りたいという気持ちがますます募る。

小笠原諸島は東京の南千キロに浮かぶ三十余島の総称だが、人が住んでいるのは父島と母島だけ。硫黄島と南鳥島には自衛隊が駐屯しているが、民間人はいないから調査の必要はないだろう。

——俺一人で、充分よ。

俊介は二十一年ぶりに「新規調査目論見書」の作成に取りかかった。改訂版しか作ったことのない若手は、この書類フォーマットの存在すら知らないだろう。

まずは渡航費、滞在費、印刷代などの予算表をつくり、損益分岐点をわりだす。

「回収見込」の欄は真っ赤だった。つまり未来永劫、小笠原諸島の住宅地図は赤字である。

それでも稟議は通るだろう。というのも、いまやキョーリンの住宅地図は限りなく公共印刷物に近い存在になっていたからだ。電気、ガス、水道、救急、消防、配達といったインフラに欠かせないのはもちろんのこと、災害時の必需品でもある。阪神淡路大震災のような災害が起きたとき、

「この地区の地図はありません」

では通らないほど国民生活に不可欠なものになった。「地図の空白地帯を埋めよ」という永伍の遺言はまだ生きているのだ。一平はその忠実な遂行者だった。

二年前、一平は勇退を見据えて、全国に七十ある支社へ全店行脚に出た。

東京支社でも若手が集められ、一平は彼らに切々と語りかけた。

「地図はガスの元栓を作っているようなものです。へたなものを作ったら人命に関わります。さぼってはいけません。手を抜いてはいけません。うちはあくまで地図屋です。創業の原点を忘れないでください」

そして一平はこのとき、全国の支社長に通達した。

「まだ地図がない地域にも、積極的に調査に入っていこう。採算は度外視していい」

だから小笠原の稟議は通るはずだった。問題はひとつ。定年間際の俊介を調査員として送り込んでくれるかどうかだ。「せっかくの機会だから、若手に新規調査の経験をさせたい」と会社が考えたとしても不思議はなかった。

名古屋駅に近いホテルで未希と落ち合い、その晩はそこに泊まった。

翌朝、特急で飛驒へ向かう。座席につくと未希は巾着袋をとりだし、「俊さん、酢コンブ食べる？」と訊ねた。

「あとでいいわ」

「そう」

未希はひとつ口へ放り込み、「お宿はなんて名前やったっけ？」

「八ツ峰旅館」

「やっぱりやっとったね」

「うん。でもいまは代替わりしちょんけん、昔のことを知ってる人がおるかどうか……」

昼ごろ、飛驒の高山駅に着いた。駅前で腹ごしらえをしたあと、町をぶらぶら歩いた。高い建物が増えて景観は変わったが、天空に近い盆地という印象は昔と変わらない。

「山ぐにって感じやなぁ」と未希が言った。

「うん。冬は調査できんと思うわ」

「雪で表札が隠れちゃう？」

「表札どころか、家ごと隠れるんと違うかな。すこし北へいけば、合掌造りの白川があるくらいの豪雪地帯やけん」

すこし早かったが、駅前でタクシーを拾って旅館へ向かった。玄関前につけると、半纏を着た男が出てきて、「おいでなさいまし」と古風な言い方で迎えてくれた。

旅館に入ると天井の大きな梁が目に飛び込んできた。そうだった。あのときもこの大きな梁に圧倒されていたら、番頭が「江戸時代に切られた木で、まだ呼吸しているそうですよ」と教えてくれたのだった。

記帳を済ませて、若い仲居に部屋へ案内してもらった。

「いまも番頭さんはおられるんですか」

と歩きながら俊介は訊ねた。

「はあ、番頭という者はおりませんが」

彼女は首だけこちらに向けて答えた。頬がうっすらと色づき、どことなくここらの名産の赤かぶを連想させる。

「地元の方?」と未希が訊ねた。

「はい。通いでやっております」

「近頃は観光のお客さんも多いでしょう。わたしは昔のことをあまり知らないのであれなんですが……」

「あっ、ここ」

俊介は声をあげて立ち止まった。

「どうなさいました?」と仲居も足を止めた。

「僕はこの部屋に泊まったことがあるんです」

まちがいなかった。葉造とこの部屋で布団を並べて寝たのだ。あの晩の光景がくっきりと甦った。この戸を開ければ、いまも三人で差しつ差されつ、わいわいやっていそうな錯覚に襲われた。

「この部屋に……?」と仲居が首をかしげた。

「ええ。三十年前の話ですけどね」

「どうりで」

仲居が口を押さえて笑った。「いまは物置なんです」

部屋に着くと仲居がお茶を淹れてくれた。未希がポチ袋をさしだすと「これはお気遣いを頂きまして」と仲居は押し頂くようにした。

「ところで、ご主人にご挨拶できますでしょうか」と未希が言った。

「あとで女将がご挨拶に伺う予定ですが……」

「女将さんはこちらに嫁いで、どれくらいにならはるの？」

「えーっと、お子さんがもう大学を出たから……」

話が見えなくて仲居が困惑しているようなので、俊介は事情を説明した。

「じつはわたしは、こちらで三十年前に番頭をしていた者の血筋なんです。そのことで、古い時代を知っている方とお話がしてみたくて」

「あ、そういうことでしたか」

仲居はぱっと裾を合わせると、「それではただいま呼んで参ります」と飛ぶように出て行った。「可愛らしい方ね」と未希がクスリとした。

ものの五分もしないうちに、主人と女将がやってきた。年頃は俊介夫婦と同じくらいだろうか。主人は農家にでもいそうな実直なタイプで、着物姿の女将は目鼻だちの整った人だった。

「倉畑でございます」

主人が頭を下げた。「ようこそおいで下さいました。あなたがヨウさんの……」

「はい、じつの息子です」と俊介もお辞儀をした。

「お話はヨウさんから伺っておりました。あなたが三十年前にこちらへいらしたことも。あのときわたしと父は、用事でたまたま県外へ出かけておったんです」

「そうでしたか。父はここでも最後まで天沢葉造を名乗っておったんですね」

俊介は思いきって「父」という言葉を使ってみた。

「はい」

「本名は衛藤純一といいます」

「存じ上げております。お墓がありますから。あとでご案内しましょう。クルマで五分ほどのところです」

「父は、六十六で亡くなったのですね」

「ええ。まだお若いのに残念でしたが、『俺たちはシベリアで五年や十年、寿命を縮めたんや』と父はよく申しておりました。父も七十になる前に亡くなりました」

「そうでしたか。父上には大変お世話になったそうで」

「とんでもございません。あの二人には、われわれには窺い知れない強い結びつきがありました。シベリアで同じパンを分け合った仲ですからね。『ヨウちゃんは使用人じゃない。客人だと思え』と父はいつも申しておりました。旅館の者一同、そのように接してきたつもりです」

それはありがとうございました、と俊介は頭を下げた。自分が礼を言うのはお門違いのような気もしたが、この主人夫婦にとっては俊介こそ正真正銘の血縁者なのだから、これでいいのだろう。

「ヨウさんは、わたしたちの子どもをとてもよく可愛がってくださったんですよ」と女将が言った。「自分にも孫がいたらちょうどこれくらいだからって。だからいまも時々、子どもたちとヨウさんの話が出ます。裏の沢でカニを獲ったとか、木彫りでおもちゃを作ってくれたとか」

「そうでしたか」

純一が周囲の人びとに大切にされる晩年を過ごしたと知って、俊介はほっと胸の安まる思いがした。

「あんまり話してちゃ日が暮れてしまうので、お墓へ参りましょう。いま、玄関へクルマを回してきます」

主人夫婦が出ていくと、未希が「これ、持ってきたんよ」と鞄からロンジンの腕時計と、ループタイを取り出した。

「よくあったな」

俊介は〝遺品〟をまじまじと見つめた。

「ほら、つけてみて」

ロンジンを腕に巻き、ループタイを首から吊してみる。これをつけるのはいつ以来だろう。たしか三十七、八歳のころ、街中を調査中にショーウィンドウに映った自分の恰好があまりに古めかしいことに気づき、つけるのをやめた記憶がある。

「似合うやんか。若い頃より」

未希に冷やかされて、俊介は「なーに言うか」と苦笑いした。

玄関に主人の運転するクルマがつけられ、四人は墓へ向かった。女将は胸に花を抱えていた。この短いあいだに、どこで用意したのだろう。

クルマの中でいくつか話を聞いた。純一と先代の主人が毎朝シベリアの方角へ向かって手を合わせていたこと。純一は腎臓の病気で亡くなったこと。あの野天風呂は次第に湯が涸(か)れて使われなくなったこと。

寺に着くと、どことなく既視感におそわれた。ひょっとしたらここは、あのとき純一と寺院巡りをしたうちの一つではあるまいか、と思ったが確証はなかった。

水を汲み、墓所へ向かった。純一ひとりに大きな区画が与えられていた。

「この墓は、あなたのお父さんが建てたものですよ」と主人が言った。「本当の方の葉造さんがね」

「えっ？」俊介は驚いた。

「葉造さんはヨウさんと再会してから、うちの父にこっそりお金を送ってくるようになったんです。『もしあいつが病気になるようなことがあったら、これを使ってくれ』と。父はそれを内緒で積み立てて、ヨウさんが亡くなったとき、そのお金でこの墓をこしらえたんです」

「そんなことがあったんですか……」

俊介は言葉を失って、立ち尽くした。金の出所は、あるいは永伍だったかもしれないと思った。

女たちはせっせと手を動かした。落ち葉を掃き、花を取り替えて、墓を磨く。それが終わると、未希は包みから花奈の骨つぼと遺影、そして白木の位牌を取り出した。

「持ってきてたんか」

「うん。まだ四十九日前やろ。お義母さんも一緒にと思ってな」

線香をあげて手を合わせると、さまざまな想いが駆け巡った。

もし敗戦の日に、純一が「葉造をたずねろ」と花奈に命じなかったら？

松永写真店の前で、純一が七五三の写真に気づかなかったら？

あの写真を見た純一が、みずから身を退く決断をしなかったら？

おそらく俊介はここにおらず、未希とも出会っていなかっただろう。自分の知らないところで純一が下した決断により、自分の人生の道すじが定められたことに、俊介はふしぎな思いがした。純一の最後の手紙に「息子よ、父はお前の健康と幸せを願わぬ日は一日とてなかったぞ」と書いてあったことを思い出し、俊介は「ありがとうございました」と胸中で何遍も唱えた。

その晩は、あるじ夫婦の饗応をうけた。

酒も肴もうまく、俊介はついお銚子をあけるペースが速くなった。「呑み過ぎですよ」と未希がたしなめると、主人は「まあまあ奥さん」と笑顔で言った。

「ヨウさんも晩酌は欠かさない人でした。葉造さんから送ってもらった名古屋の地図を開きながら、チビチビやりましてね。『これは俺の息子がつくった地図や』とご機嫌でしたよ。『ほう、たいしたもんですね』とわたしが言うと、『ほら、地下街のここ。この蕎麦屋で毎年同窓会をしよるんよ』って。何度その話を聞かされたことか」

「そうでしたか」

俊介は恥ずかしいような、うれしいような心地がした。もういちどあの晩に戻って、純一と語らいたかった。地図づくりの苦心譚ならいくらでも話せたし、純一のシベリアでの話も聞いてみたかった。

夕食に舌鼓をうったあと、未希と布団に休まった。

お互い天井を見ながら、墓守代の話になった。

「ああして掃除をして、お花も供えてくれるんやし、毎年決まった額を送るのがええんちゃう？」と未希は言った。

俊介もそれがいいと思ったが、さらにこまごま話すうち、お金よりも、すこし上等のお中元とお歳暮を贈る方がお互い気詰まりがなくていいだろう、ということに落ち着いた。

翌朝、主人がクルマで駅まで送ってくれた。

「よくお寝(やす)みになれましたか」

「ええ。お陰さまで」

「またいらして下さいね」

「はい。ありがとうございました」

名古屋行きの列車に乗り込んでしばらくすると、未希が花奈の遺影をとりだして「お義母さん、ひさしぶりに純一さんに逢えて嬉しかったやろ」と語りかけた。そして「あ、いまお義母さんが笑(わ)ろた」と言った。

「ほんま?」と俊介は訊ねた。

「ほんまよ」と未希がうなずく。

「そうか、笑ろたか」

俊介は微笑を誘われつつ、窓外に目をやった。宿の主人はああ言ってくれたが、これでもう飛驒を訪れることもあるまい。そう思うと、大きな仕事を終えた後のような充足感と、寂しさをおぼえた。

師走に入ると、神田の学生街にもダウンジャケットを着た若者たちの姿が目立ち始めた。

俊介は「新規調査目論見書」の推敲を終えた。定年は再来年の三月だから、実質、来年がラストチャンスとなる。ハンコを押し、いよいよ本社の稟議へ書類を回そうとしたとき、一平の秘書からメールが届いた。

俊介は訝しがりながらメールを開いた。

件名：極秘（代筆です。秘書・田所より）

「喉頭がんで入院した。かなり進行してる。小倉中央病院。皆には内緒に」

俊介は頭の中がまっ白になった。短いメールを何度も読み返すうちに呼吸が苦しくなり、ネクタイをゆるめて窓を開けた。異変に気づいた女性社員が「局長、どうかなさいましたか」と声をかけてくれた。

「いや、なんでもない。ちょっと出てくる」

俊介は外階段をつたって下へ降りた。エレベーターの狭い空間は、とても耐えられそうになかった。

外に出ると、行き先も決めずに歩き出した。スーツ姿の男とすれ違うたび、自然と彼らの咽喉もとへ目がいってしまう。

「喉頭がんで入院した。かなり進行してる」

先ほどの文面が頭の中で何度もリピートした。

一平の枯れた声に、味わいが出てきたと思っていた。あれはがんのせいだったのだ。小倉中央病院といえば永伍が入っていた病院である。永伍はあそこで五十七歳のとき亡くなった。一平はいま五十九歳。宿命、因縁といった言葉が、俊介の頭の中をぐるぐると駆け巡った。

花奈の葬儀から半年も経っていないことが、俊介の混乱に拍車をかけた。母と友を立て続けに失うなんて、計算が合わないではないか。

大手町まで来ると、舗道に銀杏の枯葉がふり積もっていた。広い道へ出るのは気が進まなかった。俊介は踵を返すと、オフィス街の裏道を縫うように歩き回った。いつまでも歩いていたかった。現実には戻りたくなかった。

週末になるのを待って、小倉へ飛んだ。

病院は建て替えられており、永伍が入院していた頃の面影はなかった。

俊介は一平の病室を訪れ、駅前で買ってきたりんごをサイドテーブルに置いた。りんごは一平の少年時代からの好物である。

「災難やったな」

と言葉をかけると、一平は何か言い掛けたが、うまく聞き取れなかった。

早い……。会うのは花奈の葬儀以来だが、一平の声はこの数ヶ月で速やかに喪われつつあるようだった。

「どうなん、調子は」

幼馴染の特権で、ずばりと訊いた。

一平は首を横に振った。そして調査員が使う画板を首からぶら下げ、『筆談にしよう』とノートに書きつけた。

『これが病状報告と、今後の治療予定』

一平が一枚の紙を差し出した。それによれば、すでに放射線照射とレーザー手術が行われており、今後の予定には「喉頭全摘出?」と書き込まれていた。

「放射線とレーザーは効いたん?」と俊介は訊ねた。

一平は首を傾げてから、すらすらと鉛筆を走らせた。

『効果のほどはわからん。それよりも、いま家族への遺言、関係者への挨拶状、尊厳死宣言書を作成している。宣言書はお前にも一通渡すから、もしうちの家族が延命治療を行いそうになったら止めてくれんか。社長は平松に任せることにした。遺産の半分は財団に寄付する』

あまりにも準備が良すぎる気がしたが、一平らしいと言えば一平らしかった。私人としても公人としても、整理しておきたいことが山ほどあるのだろう。

平松というのは十年ほど前に一平が銀行から引き抜いてきた人物で、彼が社長に就くのは既定路線といってよかった。財団は一平が「北九州ルネッサンス」を掲げてつくったもので、相撲やオペラの招致、海外留学生の受け入れなど、文化促進をめざす非営利団体だった。

「承知した」と俊介は尊厳死の目付役をうけおった。治るさ、などと気休めを言うつもりはなかった。

しばらく筆談して、帰ろうとしたとき、サイドテーブルに地方新聞があることに気づいた。まだ声が出るとき、一平がインタビューに答えた記事が載っているという。

「これ、貰っていっていいか?」

と訊ねると、一平はうなずいた。

「それじゃ貰ってくわ。あす東京へ帰る前に、また寄らしてもらうけん」

病院を出たが、まっすぐホテルへ帰る気にはなれなかった。駅前のアーケード横丁をぶらぶら流していたら、明るいうちから暖簾が掛かっている店が何軒かあった。俊介はその中の一つに入った。

二百円のチューハイと百三十円のウィンナー、八十円のお浸しを頼んだ。ちびちびやりながら貰ってきた地方紙をひらくと、「社長に訊く」というシリーズに一平のインタビューが載っていた。

Q趣味はなんですか

「読書です。一日一冊読みます」

Q座右の銘は？

「自分の道を歩む者は、すべて英雄である。ヘルマン・ヘッセの言葉です」

Qキョーリンの住宅地図とは？

「地上にある建造物と居住者が全て記してある、人類史上でも類を見ないものです。どこまでも利用のしがいがある、永遠の成長商品ですよ。すこし宣伝が過ぎますか（笑）」

Q会社の強みは？

「調査力です。うちの生命線だと思っています」

Q創業者の父親について

「弱音を吐かず、決して俯かない、太陽のような人でした。いまは感謝の気持ちしかありません」

Q会社の一番のピンチは?

「あり過ぎて覚えていません(笑)。つい最近まで資金繰りに追われていました。手形を持ち逃げされたこともあります。バブルのとき『投資には手を出すな』とアドバイスしてくれた九州の先輩経営者と、『会社を売らないか』と巨額を提示されたとき止めてくれたメインバンクの頭取は僕の恩人です」

Qキョーリンにバブルはなかった?

「そういう意味ではありませんでした。ただしバブルの現場には立ち会いました。バブルは山を切り崩し、地上げをして日本の地図を変えました。最後のほうは地上げしたマンション業者がふっ飛んで、空き家や空き地が目立つようになりました。地図屋だからそのことがよくわかるんです。バブルは日本の景色と人々の目つきを変えました。高度経済成長期もその二つを変えましたが、ちょっと意味合いが違いますね。バブルのあとは濁った目つきの人が増えた、とうちの調査員が言っていました。調査員はあちこちを歩くから、そんなことに気づくんです」

俊介は記事に目を走らせながら微笑んだ。ここに出てきた「調査員」はたぶん自分のことだ。一平とバブルについて話したとき、そんな話題になった記憶がある。

一平の写真の下にはプロフィールが記されていた。

「天沢一平。一九四三年、大分県別府市生まれ。小倉の志學館高校出身。中央大学を卒業後、キョーリンに入社。三十一歳のとき、創業者である父が亡くなり会社を継ぐ。以後、地図の電子化に取り組み、世界初のカーナビを完成に導く。会社は上場を果たし、六十歳での引退を宣言している。各界から人望が厚く、数多くの委員会や諮問機関に名を連ねる」

俊介は一平のプロフィールを眺めているだけで、さまざまなことが思い出された。

膝小僧に生傷が絶えなかった少年時代。一平は柔道着、俊介はランニング姿で部活に精を出した中学時代。そして高校生になると一平は哲学青年になってしまったのだった。

子ども時代の記憶はやけに鮮明で、そして懐かしかった。俊介は胸が静かに熱くなり、何杯かチューハイをお替わりした。

ホテルに戻る頃にはすっかり暗くなっていた。着替えもせずベッドに倒れ込み、次に目を開けたのは朝の五時だった。熱いシャワーを浴びて、チェックアウトの時間までベッドの上で新聞を読んで過ごした。

ホテルを出て、病院へ向かった。

受付で面会名簿に記帳するとき、「Y・NIWAI」とあるのを見つけた。

はやる気持ちを抑えて病室へ向かうと、「やあ」と湯太郎が白い歯を見せた。日焼けしているので余計にきわだつ。

「こいつ、帰ってきちょったんか！　四年も顔見せんで、あっちで何しよった？」

「なんもせんよ。なんもせんためにあっちへ行ったんやもん」

ハワイの陽光でエネルギーを充塡したのか、湯太郎はあきらかに若返ったようだった。

「やけどそろそろ飽きたけん、こっちに帰って来ることにしたんよ」

「こっちって小倉？　東京？」

「東京。個人事務所を開いて、細々とやることにした。たったいま、初仕事も決まったんよ。一平の遺言執行人に任命された」

一平は首から画板をぶら下げ、ニコニコしながら二人のやり取りを聞いていた。

「それよりも、聞いたぞ」

湯太郎が言った。「お袋さん、亡くなったっちな。なんで報せてくれんかったん」

「いや、まあ、ええやろそれは」

「よかないわ。お袋さんにはむかしご馳走になった。母が亡くなる少し前に、お前がお盆を抱えて来てな。『キョーリンに就職したいけど、親父がうんと言わん。知恵を貸してくれ』と泣きべそかいた」

「泣きべそはかいちょらん」

「かきよったよ」

「かいちょらんっちゃ」

「うん、十四歳ならかかんやろな」

と一平の声がした。

「えっ⁉」

「あれっ⁉」

一平は自分でも信じられないといった表情で、「出る。おい、声が出るぞ！」と言った。掠れてはいるが、たしかに一平の声だ。

「なんな、喋れるやんか」と湯太郎が言った。

「いや、自分の声を聴くのは何週間ぶりや。医者も『もう出んでしょう』ち言いよった。全摘出したら本当に出らんくなる」

「ならこれが聞きおさめか」と湯太郎が言った。「われらクスノキ会のメンバーに、何か言い残しておくことはあるか」

「ない」

湯太郎がガクッとなった。

「ちっとう考えよよ。本当にないん？」

「ないよ。それよりもクスノキ会で思い出した。浜中の裏にマンションが建つっち」

「えっ、別府の？」

「ああ。この前、県人会のパーティに出たとき耳に挟んだに」

「じゃあ、あのクスノキは伐られるんかな」

「裏山っちいっても低いけんな。ひょっとしたら造成に引っ掛かるかもしれん。そもそも、まだあるんかどうか」

「あるやろ」と湯太郎が言った。

「うん、あるよ」と俊介も言う。

「あるやろうか……」

一平が遠くに思いを馳せるような目つきになった。

俊介は三人の〝指定席〟を思い出した。一平の枝は短いがどっしりしていた。湯太郎の枝は不安定だがスマートだった。そして俊介の枝は平凡だが足らざる所はなかった。クスノキはまるで三人の未来を知っていたかのようだ。

しばらく三人で昔話に花を咲かせたが、一平に疲れが見えてきたので二人は病室を辞した。

病院からの帰り道で、湯太郎が言った。

「さっき一平の家族に聞いたけど、もう全摘出しても間に合わんくらい転移しちょんらしいの」

「そうか……」

覚悟はできていた。だからこそ、先ほど一瞬でも一平の声が甦ったことを、俊介は何者かに感謝した。

仕事に戻った週明け、俊介は部下の浅井を呼び出して告げた。

「お前、小笠原諸島に一人で調査に入ってみたくないか？」

「入ってみたいです！」

浅井は目を輝かせた。入社五年目の二十七歳。調査が大好きで、内勤中は萎れた青菜のようにションボリしている。若い頃の自分を見るようで、俊介は何かと目を掛けてきた。

「それじゃこの書類を書き写して、お前の名前で本社の稟議へまわせ。俺からも推薦状を添えておく」

俊介が新規調査目論見書を手渡すと、浅井は「こんな書類あるんですね」と目を丸くした。

「あるさ。あとで小笠原の『村民だより』もどっさりやるよ」

俊介は一平の病状を知ってからというもの、何をしても心愉しまず、会社員生活の最後の野望もあっさり後進に譲る気になった。

小笠原の稟議は無事に通った。

春になり、湯太郎から事務所開きの通知が届いた頃、一平からも各位に向けた印刷文書が届いた。

お世話になった皆様へ

私儀、数ヵ月前に突如声が涸れ、喉頭がんと診断されました。放射線、抗がん剤、手術と治療してまいりましたが、ひと月前、主治医に告げられました。

「治療の限界。回復の見込みなし。これ以上やっても副作用で苦痛が増えるだけ」

小生、体調が良い時期に退院し、約二週間のあいだ、土いじりをし、温泉へ行き、お酒を頂きました。

だんだんと苦痛が増して参りましたので、このたびホスピスに入ります。

皆様のご厚誼に心から感謝しつつ、これにてお別れとさせて頂きます。

充実した一生でした。ありがとうございました。

天沢一平

俊介へ。社長業は孤独やったが、「全社員に去られても俊介だけは残ってくれる」と思うと心強かったぞ。オヤジたちじゃないが、クスノキでまた逢おう。

ありがとう。さようなら。

小倉で社葬のあと、東京の築地本願寺でも「お別れの儀」が開かれた。現役中に亡くなったこともあり、多くの人が弔問に訪れた。

俊介はあらためて一平の大きさを思った。あの早弁の常習者が、と思うと、不謹慎ながら微笑を誘われた。

湯太郎が近づいてきて言った。

「一人欠けると、なんか寂しいわ」

「そうっちゃな」と言って、俊介は空を見上げた。もう永遠に一平に逢えないのかと思うと、この世の一期一会というものが不可思議でならなかった。だがあの大きな笑顔、温かな人柄、野太い声といったものは、俊介の心の中でまだ生きていた。俊介の命がある限り、一平の存在もこの地上から完全に消えることはないのだ。

翌年、俊介は定年を迎えた。

四十二年におよぶ会社員生活はここに幕を閉じた。

# エピローグ　2017年、夏

湯太郎が見舞いに来た日の晩、俊介は夢を見た。どこでもないような場所から、葉造がおいでおいでと手招きする夢だ。

はっと目覚めたのは、夜中の三時だった。あたりは静まり返っていた。カーテン越しに隣の患者の寝息が微かに聞こえてくるばかりだ。

俊介はベッドの上でまんじりともせず、夢を憶い返した。父と向かい合ったのだ、という確かな手応えがあった。夢の中では葉造の体温すら感じられた。

——お迎えに来てくれたんや。俺が道に迷わんように、っち。

引き揚げ、進学、就職と、俊介の道しるべはいつも葉造だった。おかげで道を訪ね尋ね、ここまで歩いて来ることができた。最後に葉造と手を携えて三途の川を渡り、花奈や一平の待つところへ行くのかと思えば、間近に迫った死もそれほど怖ろしいものには感じられなかった。

もう眠ることはできなかった。病窓の下を走る国道から、時おり車のヘッドライトが射し込んでくる。俊介はその灯りに孤独をなぐさめられつつ、朝を迎えた。

昼過ぎ、未希がやって来た。

「はい、今日の朝刊。キョーリンのことが載ってるよ」

「へえ」

俊介は新聞をひらき、〝地図会社の挑戦つづく〟と題されたコラムに目を走らせた。

二十世紀最大の革命は「モータリゼーション」だった。人々はそれまでとはケタ違いに遠くへ行くようになった。二十一世紀最大の革命は「インターネット」だろう。人々はそれまでとはケタ違いの情報量に触れることになった。この二つの革命に見事に順応した会社がある。キョーリンである。

キョーリンの地図は、今やカーナビやウェブマップに欠かせない存在になった。方面看板や交差点情報まで整備しているだけでなく、実世界に存在するすべての「地物」を記述しようとしている。つまり道路、鉄道、建物、河川、橋などだ。これに加え、観光情報や行政界といった「目に視(み)えないもの」まで階層(レイヤー)化している。

キョーリンの時空間情報管理システムは、人や物の「ドア・トゥ・ドア誘導」をめざす。効率的で快適な移動＝マルチモーダルを創造する会社なのだ。

だが会社の根幹は変わらない。いまでも一日千人、年間のべ三十万人の調査員が一軒ずつ建物を調査して、「昔ながら」の改訂作業を行っている。足で稼ぐローテクと、情報化に対応するハイテク。キョーリンのチャレンジは今後も続く。

俊介は記事を読み終えると、未希とデイルームへ移動した。無料の緑茶をいれて二人掛けのテーブルに腰をおろす。テレビでは午後のワイドショーが控えめな音量で流れ、車いすに座った老婆がそれをぼんやり見つめていた。

俊介は持ってきた新聞をじっくり読み返し、「なんか、えらい褒めちょんな」と言った。

「みたいやな。わたしには横文字が多くてよう分からんけど」

俊介もいくつかのカタカナには戸惑ったが、こうして記事に取り上げられるのはOBとして誇らしかった。父や自分たちの調査が、キョーリンのいまを支えているのだ。

だがその功績や誇らしさを、自分たちだけの手に帰することはできなかった。妻たちの支えあればこそ、ここまでやって来られたのだ。

未希は近江八幡で一年ほど実父を介護したあと、看取り、それから俊介と東京暮らしに入った。定年後に東京に住んだのは、俊介が東京の改訂調査のアルバイトを請け負ったからだ。

未希も国際的な慈善団体の東京本部でボランティアを始めた。

住まいは品川区の青物横丁に定めた。都心に近いのに、下町風情が残っているところが、夫婦の気に入った。二人は静かな六十代を過ごした。もっとも長い時間を、同じ屋根の下で過ごした。「なんや知らん、二度目の結婚生活みたいやん」と未希はクスッと笑った。

俊介は五十三年前、琵琶湖の近くで未希と出会ったことが今更ながら奇跡のように思えてきた。未希はいつでも気持ちよく調査へ送り出してくれた。明るく家を守ってくれた。花奈の長い寡婦人生を伴走してくれたのも未希である。妻の助けなしには、到底、調査員人生をまっとうできなかっただろう。

「未希、いろいろありがとさん、や」

俊介はデイルームで告げた。

「なによ、急に」

未希は一瞬うれしそうな顔をしたあと、さっと瞳をうるませ、俊介の手に自分の手を重ね合わせてきた。「そんなん、言わんでも大丈夫」

いつの間にか老いた未希の手から、ぬくもりが伝わってきた。

そこに顔見知りの看護師が通り掛かった。

「あ、合志さん。外出先、決まりましたか?」

「いや、まだ決めかねちょんのよ」と俊介は答えた。

「そうですか。ぜひ楽しんできてくださいね」

看護師の目には微かな憐憫の色が浮かんでいた。彼女もこれが俊介の最後の外出になることは知っている。

彼女が去ると、未希は手を重ねたまま言った。

「無理してどこかへ行く必要もないんよ。疲れるだけかもしれんし」

「そうやな。そういえば今朝がた、親父の夢を見たわ」

「へえ、珍しい。どんな？」

「おいでおいでと親父が手招きしちょんのや」

「あなた……」

未希が信じられないといった顔つきで夫の顔を見つめた。「気づいてへんの？」

「なにが？」

「行くとこ、決まったやないの」

故郷の別府を訪れたのは、久しぶりのことだった。

調査から調査へ流れる生活を送り、この街を出て、半世紀近くが経っていた。それなのに生まれ育った銀天街のアーケードをくぐった瞬間、足に地面がぴたりと吸いつき、息を吸うたびに懐かしさが胸に充ちてきた。

「一人で大丈夫？」と未希が言った。

「うん、大丈夫や」

入院生活で弱った足はすこし心許なかったが、勝手知ったる街ということが、俊介の気持ちを強くしていた。

「ほな、わたしはトキハでお茶でもしてるわ」

「うん。そいじゃ、行ってくる」

俊介は中学校の裏山をめざした。腕にはロンジンの腕時計、首にはループタイ。最後の改訂調査のような気持ちだった。あのクスノキはまだあるだろうか。

中学校の正門につくと、グラウンドの向こうに裏山が見えた。拍子抜けするほど小さかった。記憶によれば、こんもりした緑があの倍はあったはずだ。一平が言っていた通り、マンション建設のために削られてしまったのかもしれない。

——あるかな……。

俊介は中学校の塀沿いに裏へ回った。マンション住民のために私道ができており、その角を曲がると——

あった。

クスノキだ。

六十年前と変わらぬ姿で、大きく、静かに佇んでいた。これだけは記憶と同じ大きさだ。いや、六十年のあいだにクスノキもゆるやかに成長したに違いない。

クスノキへ行くには、一メートル以上ある石垣をよじ登らねばならなかった。私道を通すときにつくられた擁壁（ようへき）だろう。入院生活で体力の衰えた俊介にとって、この壁を乗り越えることは容易ではなかった。

「もー、いーかい？」

裏山から子どもの高い声がした。

よく見ると、子どもがひとり、クスノキの陰に隠れていた。目を凝らすと、ほかにも子どもたちが思い思いの場所に身を隠している。

「おいちゃん、どしたん？」

ひとりの少年が、石垣のうえから俊介を見おろして言った。

「ここを登りたいんやけど、登れんのよ」

と俊介は苦笑した。

「もー、いーかい？」

鬼の声がする。少年は「まーだだよ！」と叫ぶように答えてから、「手伝っちゃろうか」と俊介に言った。

「おう、頼むわ」

「おーい、一回休憩！　助けちょくれ」

少年が声を掛けると、四、五人の少年がぱらぱらと集まってきた。

「このおいちゃん、上にあがりたいっち」

よしきた、と二人の少年が石垣から飛び降りて、俊介の尻を押した。上で俊介の両手を引っ張る係もいる。俊介は「これしきも登れなくなるとは」と情けなく思いつつも、少年たちに寄ってたかってアシストされ、悪い気はしなかった。

俊介の身が石垣のうえに移された。

「ふーっ、重かったぁ」

「ありがとさん」と俊介は言った。

「で、登ってどうするん?」

はじめに俊介を発見したリーダー格の少年が訊ねた。

「あの木を、近くで見たかったんよ」

俊介がクスノキを指さすと、「えっ、忍者の木?」と少年たちが色めきたった。

「忍者の木?」俊介は首をかしげた。

「だってほら」

少年たちは俊介をクスノキへ連れて行き、「これ」と、樹皮に刻まれた文字を指さした。

永　葉　純

一　俊　湯

「なっ。これは忍者の暗号や」

たいへんな秘密を打ち明けるように、リーダーの少年が言った。

「なるほどな」

俊介は微笑を誘われた。そして六文字にしみじみと目を凝らしつつ、「おいちゃんは昔、このクスノキによう登ったんよ」と言った。

「ほんとう？」

「本当やが。そこの浜中の生徒で、休み時間に抜け出しちゃあ、この木の上で友だちとサボりよった」

わっと少年たちが笑った。中の一人が「俺も登れるし」と登り始めた。するとほかの子も負けじとあとに続いた。またたく間に一平の枝にも、俊介の枝にも、湯太郎の枝にも、少年たちが腰かけた。

俊介は大きく深呼吸した。

どうやらここが自分の人生地図の始点であり、終点でもあったらしい。

やがて俊介は両手で口を囲い、

「おいちゃんは、そろそろ帰るけんのぉ」と樹上の少年たちに告げた。

「はーい。一人でも降りれるぅ？」

「降りれるともぉ」

「また逢おうねー」

少年たちが手を振った。

「おーう、またなぁ」

俊介も手を振り返した。

そろそろと石垣を降りながら俊介は思った。

そうだ、この場所でならまた逢える。

父よ、母よ、友よ。

クスノキでまた逢おう。

## 謝辞

本書を執筆するに当たり、株式会社ゼンリンの伊藤文一さん、塩本忠道さん、佐々木博幸さん、山口朋希さんに貴重なお話をうかがいました。ここに記して深く感謝の意を表します。ありがとうございました。

平岡陽明

――本書のプロフィール――

本書は、二〇二一年四月に小学館より刊行された単行本を文庫化したものです。

小学館文庫

# 道(みち)をたずねる

著者 平岡陽明(ひらおかようめい)

二〇二三年七月十一日 初版第一刷発行

発行人 三井直也
発行所 株式会社 小学館
〒一〇一-八〇〇一
東京都千代田区一ツ橋二-三-一
電話 編集〇三-三二三〇-五九六一
販売〇三-五二八一-三五五五
印刷所 ――――凸版印刷株式会社



この文庫の詳しい内容はインターネットで24時間ご覧になれます。
小学館公式ホームページ https://www.shogakukan.co.jp


ISBN978-4-09-407269-3